DAL DIARIO DI ERIK
(IO E LORELAI)

EPISODIO 6

LE DUE FONTI

Massimo Indrio

© Massimo Indrio
www.massimoindrio.com
prima edizione: aprile 2018
ISBN: 978-88-940304-9-5

CAP. 1

Non ho mai creduto molto all'astrologia, alla chiromanzia, ai tarocchi e a tutte quelle forme di divinazione che mirano a sollevare il velo che nasconde ai nostri occhi il futuro, e questo non perché io dubiti della loro efficacia ma perché penso che sia molto meglio che quel velo rimanga dov'è.

Domani vincerò la lotteria? Dopodomani scoprirò che è finita la scorta di succo di cetriolo acerbo in dispensa? A che pro sapere in anticipo quel che mi accadrà se non posso far niente per evitarlo. Meglio allora non rovinarsi la sorpresa, bella o brutta che sia.

Questa era sempre stata la mia opinione su questo argomento e sarebbe stato meglio se mi fossi attenuto ad essa anche quella sera che andai a cena fuori con Lorelai per festeggiare il quarto anniversario del nostro matrimonio. Non che ci fossimo mai veramente sposati per la verità, visto che io sono sempre stato allergico al matrimonio così come qualcun altro potrebbe esserlo ai funghi, alle arachidi o a qualsiasi altra cosa, ma era capitato che una notte di due anni prima fosse avvenuto tra noi uno scambio di anelli, in cima alla torre di casa dalla quale eravamo soliti contare le stelle nelle serate in cui il cielo era sereno.

Avevo da poco ritrovato un cofanetto di gioielli che io stesso avevo nascosto giù nella cripta di Norberto di Wikfried, un mio antenato che aveva partecipato alla leggendaria liberazione delle sette vergini bianche ai tempi oscuri di Kroztak il Maligno. Lo avevo occultato lì pensando che quella cripta fosse un nascondiglio sicuro, e in effetti lo era talmente tanto che per lungo tempo non ero più riuscito a ritrovarlo. Quel piccolo scrigno conteneva magnifiche gemme e splendidi monili che avevo vinto al maharaja di Lumphore giocando a scacchi durante uno dei miei lunghi soggiorni in oriente quando ancora da quelle parti l'atmosfera era più rilassata e non rischiavi per un nonnulla di essere condannato ad avere la testa calpestata da un elefante. Per quanto in tali occasioni il grosso pachiderma venisse drappeggiato molto elegantemente e tutta l'esecuzione si svolgesse in un modo estremamente sfarzoso, non era comunque un'esperienza molto attraente, almeno per me.

Non appena mostrai a Lorelai quegli esotici

tesori, i suoi begli occhi azzurri si illuminarono e subito le venne l'idea dello scambio di anelli. L'idea non mi dispiacque, perciò ognuno di noi ne scelse uno: io ne scelsi uno per lei a forma di ramoscello avvolto a spirale, mentre lei optò per un anello che raffigurava un drago con la pipa che, a suo parere, mi assomigliava molto.

La sera che ce li scambiammo, in cima alla torre, Lorelai disse con un sorriso così splendente da illuminare il buio della notte: - Adesso, piccioncino indomito, devi mettere la testa a posto perché da questo momento siamo sposati. -

Ebbi come l'impressione di essere caduto in una trappola e cercai di tirarmene fuori replicando: - A questo matrimonio però manca qualcosa. -

- Che cosa? -

- Non vedo né l'officiante né i testimoni. -

- Perché non sai vedere. Ecco lassù l'officiante - disse indicando la luna - ed ecco lì i testimoni. - aggiunse indicando le stelle - Non vedi quanti ce ne sono? -

Siccome aveva perfettamente ragione, capitolai facendo l'unica cosa giusta da fare: la presi per le spalle e la baciai, mangiandomi il solito mezz'etto di rossetto di cui conoscevo ormai benissimo il sapore.

Era dunque questo il matrimonio di cui ci apprestavamo a festeggiare il quarto anniversario con una cenetta al "La lampada di bambù", un ristorante cinese non molto distante da casa. Era una bella serata e così decidemmo di andarvi a piedi. Ero tranquillo e rilassato, forse troppo rilassato dato che non mi accorsi di quei cinque cinesi che ci seguivano camminando in fila indiana. O meglio me ne accorsi ma non vi feci troppo caso. Di solito sono molto vigile, avendo sviluppato un'attenzione molto acuta nel periodo in cui facevo la spia nel deserto del Sahara, ma in fondo non era una cosa eccessivamente strana vedere cinque cinesi in fila indiana nei pressi di un ristorante cinese. Sarebbe stato diverso se fossero stati cinque indiani in fila cinese, ma forse sto solo cercando delle giustificazioni per la mia disattenzione. Fatto sta che non li notai particolarmente, tutto preso com'ero a discutere con Lorelai a proposito dei biscotti della fortuna cinesi, che sono sempre accompagnati da un biglietto che predice il futuro. Lei, a differenza di me, dava sempre molto credito a tutte le forme di divinazione e perciò non vedeva l'ora di essere al ristorante per leggerne uno.

- Piccioncino incredulo, guarda che quei biglietti ci azzeccano sempre! Sempre! È una cosa scientifica! Io non so come facciano, ma ci azzeccano sempre! -

– Una cosa scientifica? Ma non diciamo sciocchezze! -

- Pensa che una volta trovai un biglietto che mi suggeriva di fidarmi di un uomo coi baffi, io lo feci e mi sono trovata bene. -

- Ah sì? E chi era quest'uomo? -

- Ma tu, piccioncino baffino! Ora non mi dirai che non è stato un buon consiglio! -

- È stato solo un caso. -

- Non credo proprio. Un'altra volta invece c'era scritto: "Domani, quando esci, prendi l'ombrello. Ti tornerà utile. " -

- Ho già capito: il giorno dopo pioveva a dirotto. -

- Niente affatto. C'era un bel sole splendente, ma io presi lo stesso l'ombrello. Mentre attraversavo il parco uno scippatore mi strappò via la borsetta, ma io gli agganciai la caviglia con l'ombrello, lo feci cadere e poi glielo ruppi in testa. -

- Beh, hai recuperato la borsetta ma ci hai rimesso l'ombrello. -

- Ma la borsetta era molto più importante! C'erano dentro i biglietti per il concerto di Rickrock, il tuo pugnale malese che stavo portando ad affilare e la scacchiera moltiplicatrice. -

- Va bene, va bene, mi hai convinto. Allora stasera vedremo che cosa ti dirà il biglietto. -

- Non vedo l'ora di leggerlo. -

Mentre entravamo nel ristorante le chiesi: - E se ti dicesse di buttarti dalla finestra? -

- E se invece dicesse di buttare te dalla finestra? -

CAP. 2

Non amo particolarmente la cucina cinese ma quella cenetta fu davvero deliziosa e alla fine giunse il momento tanto atteso da Lorelai, dei biscotti della fortuna. Scartò rapidamente il suo e mentre se lo gustava con palese soddisfazione, si mise a leggere il fatidico biglietto. Le sue sottili sopracciglia si sollevarono mentre la bocca le si arrotondava in una muta "o" di meraviglia, poi mi passò il foglietto dicendo: - Guarda qui. Non ti pare strano? -

C'era scritto: "Anche se ha cinque dita, la mano è una sola."

- Cosa vorrà dire? - mi chiese.

- Beh, è un'affermazione inconfutabile - risposi - Stavolta non mi sento proprio di contraddirla. È come dire che il cielo è azzurro o l'acqua è bagnata. -

- Ma no, secondo me vuole dire qualcos'altro. -

- Non saprei..., ma aspetta che ora leggo il

mio. -

Scartai il mio biscotto e dopo averlo aperto, lessi a voce alta il mio biglietto: "Il saggio dice sempre di guardare dentro se stessi, ma a volte è meglio invece guardare fuori."

- Sono messaggi piuttosto sibillini. - commentai - Stavolta niente uomini coi baffi di cui fidarsi o ombrelli da portarsi dietro. -

- Dice di guardare fuori, ma dove? - chiese Lorelai.

- Forse fuori dalla vetrina, per strada. - dissi quasi senza pensarci.

Ci voltammo tutti e due verso quella direzione e vedemmo i cinque cinesi che ci avevano seguiti, tutti in fila uno accanto all'altro, che ci guardavano col naso appiccicato al vetro.

- Guarda, - sussurrò Lorelai - saranno loro le cinque dita della mano? -

- Non mi sembrano cinque dita, in tutti i casi andiamo a chiederglielo. -

Uscimmo e una volta fuori guardammo a destra, a sinistra, sopra, sotto, ma dei cinque cinesi non c'era più nemmeno l'ombra.

- Che serata piena di misteri. - dissi stiracchiandomi - Comunque è stata una bella cenetta. -

- Mmm... Secondo me non finisce qui. - sentenziò Lorelai.

Sempre sospettosa, vero? Ti ricordi - le chiesi mentre ci incamminavamo verso casa -

quella volta a San Pietroburgo? Ti eri convinta che quell'uomo col barbone nero che incontravamo dappertutto fosse Rasputin redivivo che ci voleva uccidere. -

- In tutti i casi ci stava seguendo. -

- Sì però non era Rasputin e non ci voleva uccidere. -

- Sì lo so. -

- Era solo un impiegato dell'ufficio turistico incaricato di scrivere un elenco dei luoghi che visitavamo, ma tu mi avevi talmente suggestionato che alla fine mi trasformai nel mostro Grunz dal folto pelo e i denti aguzzi, lo afferrai per i piedi e lo tenni sospeso a testa in giù dalla terrazza dell'Ermitage finché non ci disse che cosa voleva. -

- Questo perché sei il solito esagerato, perciò la colpa non è mia. -

Aveva appena pronunciato queste parole, quando da dietro un albero (stavamo in quel momento attraversando il parco vicino casa) sbucarono fuori i cinque cinesi di prima che si schierarono di fronte a noi, uno accanto all'altro. Adesso che li vedevo bene, poiché eravamo vicini a un lampione, notai che erano uno identico all'altro, come fossero cinque gemelli. Temendo il peggio, mi parai davanti a Lorelai ed ero già pronto alla trasformazione, quando quelli, dopo essersi inchinati, iniziarono a parlare in un modo molto particolare. Parlavano cioè pronunciando ciascuno poche parole, però tutte legate tra loro fino a formare delle frasi di senso compiuto, come se a parlare fosse una sola persona.

- Buonasela, io sono mago Fu-mo-ki. Ti plego coltesemente di non tlasfolmalti nel mostlo Glunz. Non c'è alcun pelicolo, né pel te né pel la tua gentile signola. -

Detto questo, i cinque cinesi si fusero davanti ai nostri occhi in un'unica persona, un raggrinzito vecchietto dalla lunga e sottile barba bianca che disse: - Quando sono lontano da casa mi divido in cinque, pel mia siculezza pelsonale. -

Ero molto meravigliato perché non avevo mai visto niente di simile. E poi come faceva a sapere del mostro Grunz?

Lorelai, da dietro, mi sussurrò all'orecchio: - Hai visto? Erano loro le cinque dita di una sola mano. -

Poteva anche darsi, però il biglietto non diceva la cosa più importante, ossia se di questa mano ci si poteva fidare oppure no.

Senza attendere una risposta, il mago continuò: - Sono venuto a cercale te, Lupo Distlatto, pelché tu sei l'unica pelsona in glado di litlovale la fonte invelsa. -

Erano almeno quindici anni che non mi sentivo chiamare Lupo Distratto, nome che mi era stato dato quando, nel lontano regno di Cin-ciù, facevo parte della congrega dei Lupi Bianchi, una società segreta che lottava contro la dittatura del perfido Pfui-Puah-Tzé.

Subito Lorelai mi chiese: - Come ti ha chiamato? Lupo Distratto? -

- È una vecchia storia di quando stavo nel Cin-ciù, poi ti spiego. -

- Perché distratto? -

Fu il mago Fu-Mo-Ki a risponderle: - Lo chiamammo così dopo quella volta che invece di lapìle la moglie del governatore, lapì pel sbaglio sua suocela, che ela una vela peste e ci fece diventale tutti matti. Tu pensa che ci fece anche mettele le tendine alle finestle del nostlo covo supelsegleto. -

- E così anche tu facevi parte dei Lupi Bianchi. - dissi perplesso - Però non mi ricordo di nessun mago. -

- Io allola elo solo un applendista mago. Tu licoldi quando tutti i nostli fucili spalìlono in una nuvola di fumo?

- Certo che me lo ricordo! Senza le nostre armi ci dovemmo arrendere e fummo arrestati tutti quanti. -

- Beh, quello fu un mio piccolo ellòle, dovuto ad inespelienza. Ma glazie alla tua tlasfolmazione nel mostlo Glunz liuscimmo a scappale tutti alle Hawaii. E quella fu di celto una magnifica vacanza. -

- Io però non mi ricordo di te... -

- Gualda, folse tu licoldi questo. - e così dicendo il mago sfoggiò un magnifico sorriso... di un solo dente.

- Lupo Sdentato! -

- Ploplio io! -

Spinto da un risveglio di vecchio spirito cameratesco, feci per abbracciarlo, ma come mi avvicinai a lui, un lampo di energia mi respinse indietro.

- Chiedo scusa, mi elo scoldato di disinselile l'antifulto. - disse il mago, poi fece una rapida piroetta, tre o quattro strani gesti con le mani e infine disse: - Ecco, ola ci possiamo abblacciale. -

- Tutto sommato, penso che una buona stretta di mano sia più che sufficiente. - risposi.

Mentre scuotevamo energicamente le nostre mani, Lorelai suggerì: - Perché non andiamo tutti a rimembrare i bei vecchi tempi a casa, davanti a una buona tazza di tè? - e la sua proposta venne subito approvata.

CAP. 3

- Salite sul mio tappeto volante. - disse il mago.

- Quale tappeto volante? - domandò Lorelai, già eccitata all'idea.

- Questo! - esclamò Fu-Mo-Ki tirando fuori di tasca un fischietto.

Vi soffiò dentro con tutto il fiato che aveva ma non ne uscì alcun suono.

- Dev'essere intasato. - dissi.

- È un fischietto ad ultlasuoni, - spiegò il mago - non lo si può sentile. -

- Come quelli per i cani! - disse Lorelai dimostrando ancora una volta il proprio formidabile intuito. Iniziarono infatti ad arrivare da ogni parte cani di ogni tipo, convergendo su di noi come su un carretto colmo di salsicce calde e fumanti il cui invitante profumo, spargendosi tutt'intorno, fosse giunto a solleticare le loro sensibili narici.

- Quanti bei cucciolotti! - esclamò Lorelai

tutta contenta, dimostrando ancora una volta la sua tendenza a non valutare correttamente le situazioni. Il problema era che non tutti erano cucciolotti come diceva lei. Tra loro c'erano anche cani dall'aspetto a dir poco inquietante, cani cioè che potevano facilmente essere scambiati per lupi, iene, leoni o addirittura elefanti.

- Dovresti riportare quel fischietto a chi te l'ha venduto. - dissi mentre mi trasformavo nel mostro Grunz dal folto pelo e i denti aguzzi, alla cui vista l'assembramento di belve si sciolse più velocemente di un pupazzo di neve nel deserto del Sahara. Solo uno di loro, quello che assomigliava a un leone, ebbe un attimo di esitazione in cui valutò se era il caso di attaccarmi oppure no, ma alla fine optò anche lui per una ritirata strategica.

Passato il pericolo, il mago disse con aria abbattuta: - Non è colpa del fischietto, ma mia ed è ploplio questo il ploblema per il quale sono venuto a chiedelti aiuto. -

- Non capisco, spiegati meglio. - lo incalzai.

- Vedi, il guaio è che sono tloppo vecchio. -

- Troppo vecchio? - dissi stupito mentre battevo la testa conto un albero per farmi passare il mal di testa che sempre mi assaliva dopo una trasformazione nel mostro Grunz - Se ben ricordo noi due avevamo, e quindi dovremmo avere ancora, più o meno la stessa età. -

Ora che me lo faceva notare, il mago Fu-Mo-Ki, alias Lupo Sdentato, aveva un aspetto decisamente troppo decrepito per la sua età.

- È tutta colpa della fonte invelsa alla quale ho bevuto desidelando di diventale più giovane e invece sono diventato più vecchio. -

- Vuoi dire che quella fonte esaudisce i desideri alla rovescia? -

- Ploplio così, maledetta solgente del cavolo! Io non lo sapevo e così ci sono cascato in pieno, come un pollo che entla dentlo una pentola a plessione cledendo di andale a teatlo! -

Mi sembrò una metafora alquanto bislacca giacché non capivo come si possa scambiare una pentola a pressione per un teatro, a parte il fatto che non ho mai visto un pollo andare a teatro, ma decisi di non fare il pignolo.

- Scusa, - obbiettai - ma non potevi subito dopo desiderare di essere più vecchio e ritornare com'eri prima? -

- Con la fonte invelsa non puoi desidelale il contlalio di quello che hai già desiderato, sennò diventi uno shee-ni. -

- Fermi tutti. - ci interruppe a questo punto Lorelai - Perché non andiamo, come già detto, a casa, a continuare questa interessantissima conversazione davanti a una buona tazza di tè? -

- Come mai tutta questa fretta di andare a casa? - le domandai.

- Perché tu sai bene che non è tanto igienico trattenersi qui nel parco troppo a lungo di notte quando c'è la luna piena, e tu guarda, la luna sta spuntando proprio adesso. -

Aveva perfettamente ragione perché il nostro vicino e amico Robert era, oltre che un bravo pittore, anche un licantropo ed aveva l'abitudine, nelle notti di luna piena, di vagare per il parco in cerca di qualcuno con cui attaccar briga. Ci avviammo perciò verso casa. Una volta giunti a destinazione, proseguimmo la nostra conversazione comodamente seduti sul divano e le poltrone color fucsia del salotto giallo, con in mano una tazza colma di un profumatissimo tè ai fiori di sambuco che Lorelai aveva preparato seguendo come di consueto il tradizionale rito orientale del Fai-ko-sì.

- Mi stavi dicendo, caro Lupo Sdentato, che questa fonte inversa trasforma colui che desidera il contrario di ciò che aveva già desiderato in un... che cosa? -

- In uno shee-ni. Sì, ploplio uno shee-ni. Niente di più e niente di meno. -

- E cosa sarebbe uno shee-ni? -

- È un uomo che non esiste, cioè che esiste e non esiste allo stesso tempo. -

- Una specie di fantasma? - chiese Lorelai cessando per un attimo di sorseggiare il suo tè.

- No, pelché un fantasma può semple essele visto o sentito, ad esempio dulante una seduta spilìtica, mentle uno shee-ni non si può più né vedele né sentile. -

- Cioè scompare del tutto! - affermai - Allora come fai a dire che esiste ancora. -

- Pelché una volta un uomo, tanto tempo fa, liuscì a litolnale indietlo dalla dimensione shee-ni, o almeno questo è quanto ho tlovato sclitto in un antico liblo. -

- E cosa raccontò? - chiese Lorelai incuriosita - Disse dov'era stato? -

- Sì, affelmò di essele stato in un bellissimo gialdino pieno di meravigliose fanciulle che lo coccolavano di continuo. -

- Beh, non mi sembra tanto male. - commentai.

- Sì lo so, pelò ogni ogni due o tle ole alliva-va un energumeno almato di un glosso basto-ne che glidava: - Chi è quel disgraziato che si è intlodotto nel mio gialdino? - e gli dava tle landellate sulla testa. -

- Oh! - fece Lorelai e si rimise a sorseggiare il suo tè.

- Senti, Lupo dstlatto, allola mi aiutelai a li-tlovale la fonte invelsa? Mi plometti che mi aiu-telai? -

- Ma sì, ma sì, te lo prometto. Però adesso lasciami pensare un attimo. -

Posai la tazza del tè sul tavolino e, come fa-cevo sempre prima di affrontare una nuova sfi-da, accesi la mia pipa al fulmicotone, che mi aiutava a ragionare a fare il punto della situazione. Mentre le scintille cominciavano a fuoriuscire dal fornello della pipa, caddi in profonda meditazione e le idee cominciarono a poco a poco a riordinarsi nella mia mente. Per la verità, all'inizio i miei pensieri presero come al solito la via sbagliata portandomi a conclusioni assurde, tipo che il mago Fu-Mo-Ki fosse in realtà il mio vecchio nemico professor Von Strakken che si era travestito per rubarmi la preziosa tabacchiera dello zar o altre sciocchezze del genere, ma poi a poco a poco tutto andò al suo posto ed io, uscendo alfine dal mio raccoglimento, fui in grado di dire: - Bene, dunque, riassumendo, tu non puoi chiedere alla fonte inversa di restituirti la perduta giovinezza per non diventare uno shee-ni e inoltre, per qualche motivo, non riesci più a ritrovare la suddetta fonte, così vorresti che io ti aiutassi a rintracciarla e che chiedessi in vece tua ciò che tu non le puoi più chiedere. È così? -

Siccome la risposta tardava ad arrivare, mi guardai intorno e mi accorsi che non c'era più nessuno. Quanto tempo ero stato assorto nei miei pensieri? Voltai lo sguardo verso la pendola a forma di gufo in fondo alla stanza e vidi che erano quasi le due di notte, poi mi accorsi di un biglietto lasciatomi sul tavolino da Lorelai. C'era scritto: "Visto che non dai più segni di vita, noi andiamo a dormire. Ci vediamo domattina. P.S.: Se ti svegli prima di noi, i bi-scotti sono nella scatola blu."

Come al solito la mia pipa al fulmicotone mi aveva aiutato a concentrarmi ma mi aveva anche fatto perdere la cognizione del tempo.

CAP. 4

Passai una notte un po' agitata, piena di strani sogni nei quali una specie di gnometto mi seguiva dappertutto ripetendomi di continuo: - Sei uno shee-ni, sei uno shee-ni! -

Io cercavo di sfuggirgli correndo di qua e di là, ma era tutto inutile. La cosa buffa è che la mattina dopo mi risvegliai non più nel mio letto ma in cima all'albero di susine in fondo al giardino. Nel sonno dovevo essere scappato per davvero, inseguito dalle mie fantasie.

Rientrando in casa con la testa un po' frastornata trovai Lorelai e Lupo Sdentato, o mago Fu-Mo-Ki che dir si voglia, che facevano allegramente colazione in cucina e notai con disappunto che avevano dato fondo alla scatola dei biscotti.

Fu-Mo-Ki notò la mia espressione contrariata e disse: - Ti sei lammollìto, Lupo Distlatto. Te la plendi per qualche biscotto, ma non ti licoldi più di quando nel Cin-Ciù una closta di pan secco ci dulava pel un mese intelo? -

- Non me ne sono scordato, non me ne sono scordato, però in quella scatola c'era quasi un chilo di biscotti. Mi spieghi come hai fatto a mangiarli tutti? -

In realtà non me ne importava un fico secco di quegli stupidi frollini, ma ero davvero curioso di sapere come aveva fatto a mangiarli tutti.

- È colpa mia, piccioncino sonnambulo. - intervenne Lorelai - Ho chiesto al tuo amico di farmi vedere una magia e lui ha fatto sparire tutti i biscotti... mangiandoseli. Non è stato bravo? -

- Davvero bravissimo, - dissi rivolgendomi al mago - ma adesso perché non li fai riapparire? -

- Tu non cledi che io sia capace, velo? Allola gualda. -

Fece degli strani gesti con le mani, borbottò qualcosa di ancora più strano e all'improvviso apparve nella stanza, appoggiato alla parete, un biscotto alto due metri e mezzo.

Volevo chiedergli come lo avrei potuto inzuppare nel tè, ma decisi di lasciar perdere e domandai invece: - Dimmi Lupo Sdentato, hai qualche informazione utile riguardo la fonte inversa? -

– Avevo una mappa ma è caduta nella pappa del mio cane, Codaspelata, e lui se l'è mangiata. -

- Avete davvero un bell'appetito, tu e il tuo cane. - commentai - E così partiamo da zero. Ma tu che ci sei già stato, non ricordi proprio nulla? -

- So che è in Cina, nella regione del Va-Fan-Task, ma non licoldo altlo. L'unica cosa che potlei fale è autoipnotizzalmi. Hai uno specchio? -

- Autoipnotizzarti? -

- Sì, così potlei licoldale molto di più. Ho già plovato a casa, col mio cane Codaspelata, ma lui non capisce nulla. Gli ho letto una poesia e poi l'ho ipnotizzato e gli ho chiesto di lidilmela, ma lui non mi ha saputo lidìle un bel niente. Io lo intellogavo ma lui abbaiava e basta. -

Evitando ogni commento chiesi a Lorelai se avevamo uno specchio a portata di mano.

- Certo, - rispose con la sua voce cinguettante - lo vado subito a prendere. -

A volte la sua efficienza mi stupiva. Uscì dalla stanza veloce come una gazzella in fuga e ritornò altrettanto velocemente stringendo in mano una specie di padella che era in realtà uno specchio antico che lei teneva per il manico.

- Ecco qua. - disse consegnandolo con un sorriso a Fu-Mo-Ki il quale si mise subito a fissarsi intensamente allo scopo di autoipnotizzarsi.

Mi sembrava di conoscere quello specchio antico, con la cornice e il manico d'argento, ma non riuscivo a ricordare dove l'avevo già visto, così chiesi a Lorelai dove l'avesse trovato.

- Era di là, nella stanza viola. L'ho trovato l'altro giorno sotto il comò, l'ho visto perché ne sbucava il manico. -

Nella stanza viola? Sotto il comò? Per tutti i draghi zoppi! Ora ricordavo! Quello era l'antichissimo 'Specchio delle Quattro Stagioni' del druido celtico Archibald, che aveva una proprietà molto particolare, proiettava cioè su chi vi si rimirava le 'caratteristiche' della stagione in corso. Lo avevo nascosto sotto il comò pensando di metterlo poi nello stanzino proibito, insieme agli altri oggetti pericolosi, ma poi mi era passato di mente.

Così, poiché eravamo in primavera, il povero Fu-Mo-Ki vide i suoi capelli, per altro pochi, e la sua barba tramutarsi in tenera erbetta costellata di violette, primule, narcisi e margheritine.

- Polca miselia! - esclamò il povero cinese, poi distolse lo sguardo dallo specchio e guardandomi con aria stupita domandò: - Che cos'è successo? -

- È successo che adesso abbiamo un altro desiderio da esprimere quando troveremo la fonte inversa. - risposi levandogli lo specchio di mano.

– Vuoi dile che se non la tloviamo limallò così? -

- Guarda che non stai affatto male. - disse Lorelai - Sei molto... primaverile. -

Spiegai al mio amico quel che era successo e gli dissi anche che in fondo era una fortuna che fossimo in primavera, e non in autunno o in inverno, sennò magari la sua pelle si sarebbe potuta risecchire ancora di più e le sue orecchie sarebbero potute cadere come foglie morte.

- Celto, celto. Allola, secondo te, dovlei pule linglazialti. -

Fortunatamente Lupo Sdentato durante la sua vita ne aveva passate talmente tante che non se la prese troppo ma si limitò ad esprimere una sua preoccupazione: - Immagino già tutta la gente che si gila a gualdalmi mentle passo pel stlada. -

- Fai conto di essere una bella ragazza. - suggerì Lorelai.

Ci pensò un attimo e poi replicò: - La tua non è una cattiva idea, e poi se tanto si devono gilale... -

Si concentrò, fece degli strani gesti con le mani, delle strane smorfie col viso, disse qualche strana parola e... POF! si trasformò in una stupenda ragazza dai capelli neri, gli occhi verdi, le labbra rosse e un corpo da capogiro. Ero davvero sorpreso, non avrei mai creduto che il vecchio Lupo Sdentato, alias mago Fu-Mo-Ki, fosse capace di tanto. Lorelai, dal canto suo, non fu affatto entusiasta di questa inaspettata trasformazione avendo frainteso l'espressione di meraviglia con cui avevo guardato la nuova arrivata. La sciocchina stava commettendo un duplice errore: prima di tutto non avrebbe mai dovuto dubitare della mia fedeltà e poi, conoscendomi, avrebbe dovuto sapere che era già tanto se avevo accolto lei nella mia vita, essendo io fondamentalmente un lupo solitario che non era certo alla ricerca di stupide emozioni ma che aspirava semmai a raggiungere lo sguardo del drago che vola alto sopra le nubi.

CAP. 5

C'era però un problema: il mago Fu-Mo-Ki, trasformandosi, aveva cambiato completamente personalità. Aveva mutato non solo voce e aspetto, ma si era anche completamente dimenticato chi fosse. Diceva di chiamarsi Daphne e di venire da Salonicco, in Grecia. Naturalmente non si ricordava più nulla né della fonte inversa né di tutto il resto.

Mi domando come si può fare il mago in questo modo! I suoi incantesimi non riuscivano quasi mai e quando riuscivano, gli effetti collaterali rovinavano sempre il risultato. Mi sarebbe piaciuto sapere dove aveva imparato la sua magia. Aveva seguito un corso per corrispondenza? Aveva disertato metà delle lezioni? O forse anche questo errore, come quello del fischietto ad ultrasuoni, era dovuto al suo anomalo invecchiamento per colpa della fonte inversa.

Come se non bastasse poi, Daphne mostrava chiaramente di avere un debole per me. Lo si capiva da come mi guardava, mi sorrideva e mi parlava. Vidi Lorelai cercare di incenerirla più volte con lo sguardo, ragion per cui la presi da una parte e, grazie al metodo Frisken-Frasken che avevo imparato quando lavoravo dal grande psicologo austriaco Von Bobenhausen, riuscii a tranquillizzarla per un buon sessanta per cento.

A questo punto era quanto mai urgente mettersi alla ricerca della fonte inversa, dato che Lupo Sdentato si era ulteriormente allontanato dalla sua forma originaria.

Iniziammo perciò a fare i preparativi per la partenza. Chiesi a Lorelai di non venire con noi perché il viaggio poteva essere pericoloso, ma sapevo già che piuttosto che vedermi partire da solo con Daphne si sarebbe data fuoco, o meglio avrebbe dato fuoco a me, o meglio ancora a lei.

Ci attendeva un lungo viaggio attraverso paesi in cui non sempre gli stranieri erano beneaccetti. Mi preoccupava un po' il fatto di viaggiare insieme a due ragazze così belle, la qual cosa avrebbe potuto creare dei problemi, perciò decidemmo di comune accordo che le due fanciulle si sarebbero vestite in modo da celare il più possibile le loro grazie. Anche se a malincuore Lorelai rinunciò così ad indossare le sue consuete minigonne vertiginose in favore

di un vestitone lungo fino ai piedi ed un fazzo-
letto in testa, stile gitana, mentre Daphne si
infilò una specie di uniforme mimetica di una
taglia superiore alla sua. Per quanto riguarda
me, siccome sapevo quanto fosse difficile ottenere il visto d'ingresso per la regione cinese
del Va-Fan-Task dove il mago Fu-Mo-Ki aveva
detto trovarsi la fonte inversa, avevo pensato
bene di spacciarmi per un pittore amante dei
paesaggi caratteristici di quella zona. Avevo
perciò incluso nel mio bagaglio un cavalletto,
un paio di tele, i colori ad olio e qualche pen-
nello. Un grande fiocco al collo e un basco in
testa poi, uniti ai miei capelli lunghi e i baffetti
sottili, avrebbero contribuito a darmi l'aspetto
di un vero pittore.

C'era infine il problema di far passare all'aeroporto la mia fedele pistola Fergusson k16 a
doppia canna oblunga col rinforzo in carbonio
senza la quale non mi sarei mai imbarcato in
un'impresa del genere. Ma questo non mi preoccupava troppo perché sapevo che l'ostacolo
sarebbe stato facilmente superato grazie al solito trucchetto messo in atto con la complicità
di Lorelai.

Eravamo finalmente pronti per uscire. Avevo
lasciato una buona riserva di mosche per la
pianta carnivora, avevo provvisto di una buona
scorta di zucchine e ravanelli l'acquario dei pi-
ranha vegetariani e avevo messo l'antifurto,

che consisteva nel lasciare libero dentro casa Leopoldo, il vecchio leone che di solito sonnecchiava in giardino sotto le palme. L'imponente felino, che anni addietro avevo salvato dai bracconieri in Africa, non avrebbe in realtà fatto male a una mosca, però sapeva ruggire in un modo molto persuasivo.

Quando fummo sull'uscio e stavo per chiudere con la chiave grande, quella di bronzo da mezzo chilo, Lorelai approfittò di un attimo che Daphne si era allontanata per sussurrarmi: - Ma deve proprio venire anche lei? Perché non la lasciamo qui? Magari mentre siamo via potrebbe curarci il giardino o rimbiancarci la cantina. -

Alzai gli occhi al cielo con un sospiro e poi risposi: - Dimentichi che è proprio per lei, o meglio per lui, che stiamo andando a cercare la fonte inversa. Non scordarti che quella ragazza è in realtà Lupo Sdentato e noi dobbiamo farlo tornare com'era prima. -

- Chi ti dice - replicò la furba biondina - che a questo punto non sarebbe più felice restando così com'è adesso. Non ci avevi pensato, eh? -

In effetti non ci avevo pensato. Ci riflettei un instante ma poi risposi: - Niente da fare mia cara, ormai gli ho promesso di portarlo alla fonte inversa ed è quello che farò. Se dopo lui vorrà trasformarsi di nuovo in una ragazza greca, o in un cosacco russo, o in uno struzzo o un cammello, saranno affari suoi. -

- "Ormai ho promesso, ormai ho promesso"... - protestò Lorelai - Sei sempre il solito boyscout! -

Arrivammo all'aeroporto all'ultimo momento. C'era solo mezz'ora alla partenza del nostro aereo. Per fortuna i controllori erano tutti uomini e così far passare la mia pistola Fergusson k16 sotto il loro naso fu un gioco da ragazzi. Infatti Lorelai al momento opportuno si tirò su la gonna fino all'ombelico distraendoli tutti quanti ed io riuscii a passare, non visto, al di fuori del portale di rilevazione. Salimmo quindi sull'aereo e ci sedemmo ai nostri posti. Dopo poco l'aereo partì in perfetto orario. Ci aspettava un viaggio piuttosto lungo perciò decisi di sfruttare il tempo a mia disposizione per rinfrescare un po' il mio cinese, lingua nella quale mi sentivo un po' arrugginito. Mi immersi così nella lettura di una versione cinese di Romeo e Giulietta, libro che mi ero portato dietro a tale scopo. Era decisamente una buona trasposizione della famosa tragedia di Shakespeare anche se il traduttore non aveva saputo resistere alla tentazione di modificarne un po' la trama. Non mi pareva infatti che nel testo originale si parlasse né di astronavi né di gelatai ricattati dalla mafia. I casi erano due: o il traduttore si era preso un po' troppa libertà o il mio cinese era davvero pessimo. Dopo quattro ore di volo Lorelai iniziò a scalpitare e a darmi il tormento.

- Piccioncino studioso, che ore sono? Quanto manca ancora? Io non ne posso più, e poi non mi hai neanche detto dove stiamo andando. Ah no è vero, me l'avevi detto: andiamo a Pechino. E da lì poi dove si va? In Cina ci sono sempre i comunisti? È vero che mangiano solo riso? Però questo volo è così noioso... non succede mai niente. -

Come risposta a questa sua ultima affermazione, un uomo col viso nascosto dietro una folta barba nera ed un paio di grandi occhiali scuri, si alzò all'improvviso dal suo posto e si mise ad urlare: - Fermi tutti! Sotto la barba ho una bomba! Dirottate immediatamente quest'aereo su Cuba o la faccio esplodere! -

Tutti i passeggeri ammutolirono vedendo concretizzarsi il loro peggior timore, o meglio tutti meno Daphne che esclamò: - Che uomo meraviglioso! Che determinazione! E che coraggio! E poi quella barba! Mi ricorda tanto il mio amato Rintronakis dell'isola di Palos! -

Incredibile! Lupo Sdentato non aveva perso soltanto la memoria ma anche il cervello!

Intanto tutto il personale di bordo, compreso il pilota che era uscito dalla cabina, cercò di far intendere al dirottatore che eravamo decisamente fuori rotta rispetto a Cuba e che sarebbe stato un grosso problema arrivare fin laggiù, ma il barbuto non voleva sentir ragioni.

Così mi vidi costretto ad intervenire personalmente.

CAP. 6

Decisi di non usare la mia fedele pistola Fergusson k16 a doppia canna oblunga col rinforzo in carbonio, per paura di far esplodere la bomba che il dirottatore teneva sotto la barba e decisi anche di non trasformarmi nel mostro Grunz dal folto pelo e i denti aguzzi per non scatenare il panico tra i passeggeri che avevano già i nervi a fior di pelle. Decisi, in poche parole, di usare l'astuzia. Dopo aver passato di nascosto al pilota un biglietto in cui gli chiedevo di scendere sotto i tremila metri di altitudine e di depressurizzare l'interno dell'aereo, mi alzai e andai direttamente verso il dirottatore. Tendendogli cordialmente la mano gli dissi: - Ma che fortunata combinazione! Permetta che mi presenti: sono l'ambasciatore di Cuba, Pedro Ramirez Sombrero Maracas. Vedrà che troveremo certamente una soluzione al suo problema. Vuole andare a Cuba? Ma perché allora non ha preso un aereo per Cuba? Le piaceva più questo? Non mi sembra poi così migliore degli altri, ma non voglio mettermi a discutere, tutti i gusti sono gusti. Se però adesso mi vuole cortesemente seguire nel mio ufficio, le farò vedere alcuni depliant e potrà scegliere l'albergo dove vuole alloggiare. Intanto ecco per lei un ottimo avana, non credo che le hostess avranno da ridire anche se qui sarebbe proibito fumare. -

Mentre gli stringevo calorosamente la mano gli infilai un sigaro in bocca e glielo accesi. Era uno di quei sigari che mi porto sempre dietro e che già mi erano stati utili in altre occasioni simili, contenendo oltre al tabacco anche una mistura di erbe indiane capaci di rincretinire un elefante.

Bene, ero riuscito a coglierlo di sorpresa e già dopo le prime boccate di fumo le sue difese erano calate abbastanza da indurlo a seguirmi senza alcun sospetto.

- Venga prego, il mio ufficio è da questa parte. - gli dissi accompagnandolo verso lo sportello in fondo all'aereo.

Sarà meglio che metta questo, per prudenza. - aggiunsi aiutandolo ad allacciarsi il paracadute. Quindi aprii lo sportello e stavo finalmente per liberare tutti quanti dalla sua sgradita presenza, quando accadde l'inaspettato. Daphne, che aveva ravvisato nel dirottatore un suo qualche vecchio fidanzato ellenico, sopraggiunse tutta di corsa e gli si gettò al collo spingendolo praticamente fuori dallo sportello e precipitando di sotto insieme a lui. Non c'era tempo da perdere: presi al volo le nostre borse, abbracciai stretta Lorelai, agguantai un altro paracadute e mi lanciai con lei nel vuoto dietro di loro. Mentre precipitavamo vidi in lontananza che Daphne e il dirottatore erano riusciti ad aprire il loro paracadute, così mi concentrai per cercare di aprire il nostro. Non era un'operazione facile, perché non avevo avuto il tempo di infilarmelo e inoltre per avere le mani libere avevo lasciato Lorelai dicendole di reggersi da sola e lei mi aveva agguantato per il collo e mi stava praticamente strangolando. Alla fine riuscii a tirare la maniglia giusta ma al posto del paracadute uscì un rettangolino di tela con su scritto: "Errore di apertura 743 cod.02/564. Si prega di riportare l'articolo al magazzino. Garanzia valida fino al 19.7.2006".

Accidenti, la garanzia era abbondantemente scaduta, ma non era quella la cosa che al momento mi preoccupava maggiormente. Ciò che m'impensieriva di più era l'imminente atterraggio. Pensai che l'unica cosa da fare era trasformarmi nel mostro Grunz dal folto pelo e i denti aguzzi, il quale, anche se non sapeva volare, avrebbe però resistito meglio all'impatto. Perciò mi trasformai ed abbracciai Lorelai mettendomi sotto di lei per farle da cuscinetto. Detti un'occhiata per vedere dove stavamo andando a finire e dal paesaggio e dalle costruzioni capii che dovevamo essere in India. Poi, guardando proprio sotto di noi, vidi che stavamo centrando una grande piscina situata nel parco di un sontuoso palazzo e pensai: "Bene, l'acqua è meno dura della terra. Speriamo che sia abbastanza profonda."

La cosa che mi meravigliava di più era che Lorelai non avesse ancora aperto bocca e infatti negli ultimi istanti del nostro volo disse: - Piccioncino avventato, sarà anche stata una bella idea la tua di buttarci giù dall'aereo, ma secondo me... -

Non fece però in tempo a finire il discorso perché piombammo diritti nella piscina e sprofondammo giù nell'acqua per almeno cinquanta metri.

Come mai quella piscina era così profonda? Perché dopo i primi tre metri si allargava? Perché conteneva un'infinità di pesci di tutti i tipi? Perché mi ero cacciato in questo pasticcio? Perché l'acqua era bagnata? Queste erano le domande che mi stavo ponendo prima che la botta, nonostante la trasformazione nel mostro Grunz, non mi facesse perdere i sensi.

L'idea del cuscinetto invece aveva funzionato alla grande perché Lorelai, non appena tornammo a galla, saltò subito fuori dall'acqua vispa come un grillo strillando: - Blah, che schifo tutti questi pesci! -

La potei sentire perché anch'io mi ero ripreso quasi subito, ma una volta all'asciutto mi accorsi subito che qualcosa non funzionava: non riuscivo più a riacquistare il mio vero aspetto. Il formidabile colpo doveva aver mandato in tilt il mio usuale meccanismo di trasformazione.

Mentre si strizzava la gonna inzuppata d'acqua, Lorelai mi disse: - Sarà meglio che ti ritrasformi, piccioncino. Sta arrivando gente. -

In effetti stava sopraggiungendo una strana coppia: lui, grasso e con la barba grigia, sembrava una specie di rajah. Aveva un turbante in testa, un fucile in mano ed un'aria non troppo amichevole. Lei invece era alta, magra e avvolta in un sari rosso molto bello. Doveva essere sua moglie e si teneva prudentemente dietro di lui.

- Guarda un po' chi abbiamo qui, appena caduti dal cielo: la bella e la bestia. - disse l'uomo tenendo il fucile puntato contro di noi.

Feci per rispondergli, ma il mostro Grunz tra le sue numerose virtù non annoverava quella della parola, così dalle sue fauci uscì soltanto un ruggito che fece quasi svenire di paura la donna col sari rosso. Accennai allora a muovermi, ma anche questa non fu una buona idea, perché subito il rajah sparò un colpo in aria esclamando: - Fermo lì! Non fare un passo! -

Poi, rivolto alla sua compagna, le disse con tono rassicurante: - Non temere, mia maharani, lo tengo sotto tiro. -

Allora mi voltai verso Lorelai per invitarla a dire qualcosa, ma lei era rimasta talmente meravigliata dal fatto che non mi ero ritrasformato, che non sapeva cosa dire.

La situazione sembrava un po' in stallo, finché lui non decise di sbloccarla sparandomi. Fortunatamente il suo fucile non era caricato con proiettili veri ma con una di quelle siringhe di sonnifero che servono per addormentare le belve ritenute, a torto o a ragione, pericolose. Feci appena in tempo a vedere gli occhi stupiti e spaventati di Lorelai, che caddi in un sonno profondo. Quel sonnifero mi avrebbe fatto davvero comodo quando mi capitò di non dormire per una settimana dopo aver visto il film "Le notti truculente di uno spregevole degenerato".

CAP. 7

Mescolato al sonnifero ci doveva però essere anche qualcos'altro, perché feci dei sogni così strani e così realistici come non mi era più capitato di fare da quella volta che mangiai per sbaglio una tavoletta d'oppio credendo che fosse liquirizia.

Non appena colpito dalla siringa, caddi addormentato e mi ritrovai nel folto di un bosco i cui alberi avevano i rami talmente fitti ed intricati da lasciar filtrare a stento la luce. Vagai per un po' a tentoni in quella semioscurità alla ricerca di una via d'uscita, finché non incontrai il mio amico poeta Duccio, autore del famoso poema "La notte di giorno", il quale mi accompagnò a visitare prima l'Inferno e poi il Purgatorio. Dopodiché incontrai Lorelai, bella e radiosa come non mai, che mi portò su su su fino in Paradiso. Non so se nel fare questo sogno io fossi influenzato da qualche libro che avevo letto in passato, resta però il fatto che fu un'esperienza davvero notevole.

Quando mi risvegliai la situazione era radicalmente cambiata poiché mi trovai rinchiuso in una gabbia dalle robuste sbarre, all'interno di quello che a prima vista mi sembrò uno zoo per animali un po' speciali. Da dove mi trovavo potevo infatti vedere altre tre o quattro gabbie che contenevano una un gorilla verde, un'altra un leone a due teste, un'altra un orso con le corna e un'altra una tigre a pois. Vedevo poi in lontananza un'ampia voliera piena di uccelli variopinti e di varia grandezza. Evidentemente ero finito nelle mani di un facoltoso collezionista di stravaganti campioni della fauna terrestre. Pensai infatti che per essere un vero zoo a quel posto mancava una cosa importante e cioè il pubblico. Ma avevo appena finito di formulare questo pensiero che dovetti subito ricredermi, poiché vidi arrivare un gran numero di persone: chi da solo, chi in coppia, ed anche intere famiglie con tanto di bambini che sgranocchiavano semi o noccioline, oppure mangiavano 'nuvolette' di zucchero filato. Dunque quello era un vero e proprio zoo aperto al pubblico e probabilmente dovevano averne appena spalancato l'ingresso. Dedussi infatti dalla posizione del sole che doveva essere mattina e che quindi dovevo aver dormito un bel po'. Mi stavo giusto chiedendo dove fosse finita Lorelai quando me la vidi comparire di fronte con in

mano un sacchetto di nocciotine. Feci per dirle:
- Guarda che se me ne butti una ti strozzo. -
ma riuscii ad emettere solo il consueto ruggito
da re della foresta.

Per fortuna non mi gettò nessuna nocciolina
ma si avvicinò alle sbarre e mi disse: - Eccoti
qui. Mi vuoi spiegare perché non ti sei ritrasformato? Cosa ti è saltato in mente di rimanere combinato in questo modo? Hai visto ora
dove ti hanno messo? -

È difficile capire come ragionano le donne in
generale, e Lorelai in particolare. Avrei voluto
dirle tante cose ma siccome ero in grado solo
di ruggire non ci provai nemmeno, feci solo un
profondo sospiro e mi misi a sedere per terra.

- Io a quei due deficienti del rajah e di sua
moglie - continuò lei - ho cercato di spiegare
che non eri una belva feroce, anche se in effetti lo sembravi, ma non mi hanno voluto credere. Comunque non ti devi preoccupare, ho già
fatto l'abbonamento allo zoo per tutto il mese.
Lo sai che qui dentro ci sono degli animali davvero buffi? -

Ero contento che almeno lei si stesse diver-
tendo.

- Sai a chi stavo pensando cinque minuti
fa? - proseguì - Al tuo amico, quello che è saltato giù dall'aereo col dirottatore. Secondo te
dove saranno andati a finire? Non li hai mica
visti da queste parti? -

Feci un altro sospiro e la guardai diritto nei suoi grandi occhi azzurri. La mia espressione desolata dovette giungere a segno e smuovere qualcosa nel suo cervellino che quando voleva, cioè quando non correva troppo dietro alle farfalle, sapeva funzionare meglio di un orologio svizzero.

- Va bene, va bene, ho capito, piccioncino ingabbiato. - disse assumendo un'aria più seria - È inutile che mi guardi così. Lo so che vorresti uscire da lì dentro, però io non so come aiutarti. Basterebbe che tu ti ritrasformassi... Io purtroppo non sono un'esperta di metamorfosi, sono cose fuori dalla mia portata. Cose magiche, soprannaturali... -

All'improvviso s'interruppe e, come se avesse avuto un'improvvisa illuminazione, esclamò: - Ma certo! Qui siamo in India e ci sono un sacco di santoni, fachiri e persone del genere che ne sanno un sacco di queste cose! Aspettami qui, che vado a cercarne uno. Mi raccomando, non te ne andare. -

Detto questo, si voltò e si dileguò in un battibaleno.

Attesi il suo ritorno per ben due giorni finché non la vidi arrivare in compagnia di un sadu seminudo, magro come un chiodo, con i capelli e la barba incolti.

- Scusa se ci ho messo tanto, - mi disse Lorelai una volta giunta alla mia gabbia - ma tu non sai quanti imbroglioni ci sono qua in giro che si fingono santoni solo per spillarti soldi o per approfittarsi di te. Ma con me non ha funzionato, figurati che a uno ho rotto anche un vaso sulla testa. -

Mi sarebbe piaciuto chiederle maggiori particolari, ma non potevo parlare.

Il sadu si avvicinò alle sbarre e fissò su di me il suo sguardo intenso. Fu allora che io lo riconobbi e lui riconobbe me. Era il mio amato guru Samapatata, nel cui ashram ai piedi dell'Himalaya ero rimasto per tre lunghi anni, in quel periodo della mia vita in cui mi ero dedicato alla ricerca di me stesso.

- Ti posso garantire - mi disse Lorelai tutta soddisfatta - che questo è un vero santone con grandi poteri. Figurati che mi ha guarita all'istante da quel foruncolo che avevo da più di un mese. -

Conoscevo bene i poteri di guarigione di Samapatata il quale le disse: - Non è stato un caso che tu sia giunta fino a me. I fili del destino e del hanno fatto in modo che tu mi facessi ritrovare il mio caro allievo Tabunta Trabubu. -

- Babunta Trakuku? E chi sarebbe, lui? - fece Lorelai indicandomi meravigliata - Guarda che ti sbagli, lui si chiama... -

- Erik, lo so, o anche Lupo Distratto, o Sham-po-Làn, o Feodor Pukoff, o Sam Batòn, o Margherita Strauss, e potrei elencare ancora molti altri nomi, rimanendo nel solo ambito della sua attuale incarnazione. Ma ora sarebbe più giusto chiamarlo Grunz, non è vero? -

Lorelai rimase a bocca aperta, poi balbettò: - Ma...Margherita Strauss? -

- Sì, anche se quello fu solo il travestimento di un mese, e neanche riuscito tanto bene, per intrufolarsi in non so quale corte europea. -

Quindi si rivolse verso di me e disse: - Guarda un po' in che guaio ti sei cacciato, Tabunta. Ti avevo detto di rimanere per almeno altri cinque anni nel mio ashram, ma tu no, non potevi più aspettare perché avevi cose più importanti da fare. Certo, lo so, avevi ancora qualche debito in sospeso con la vita, però io so che un giorno tornerai e finirai ciò che avevi iniziato. -

Gli porsi la zampa attraverso le sbarre e lui la strinse con la sua mano magra e forte, poi disse: - E adesso vediamo di ridarti un aspetto un po' più umano di questo. -

CAP. 8

Samapatata si mise a cercare qua e là finché non trovò un sasso piatto abbastanza grande che pose in terra di fronte a sé, quindi vi versò sopra una piccola quantità di erbe tritate, rovesciandole da un sacchetto di stoffa che portava appeso sul fianco. Lorelai seguiva con estremo interesse lo svolgersi di quelle operazioni, affascinata dall'aria di sacralità con la quale venivano compiute. Poi il sadu tirò fuori un antico acciarino col quale dette fuoco al mucchietto d'erbe. Il fumo che ne fuoriuscì raggiunse le nostre narici e contribuì probabilmente non poco alla riuscita dello spettacolo.

Dopo un attimo Samapatata rivolse gli occhi al cielo e recitò questa specie di filastrocca: - Già lo dissi e non mentivo, ogni cosa ha il suo motivo, niente capita per caso, il segreto sta nel naso. -

Avevo già assistito altre tre o quattro volte a queste performance del mio maestro, era quello un modo tutto suo di risolvere i problemi. Per la verità mi ero spesso chiesto se non si trattasse solo di una messinscena per impressionare gli astanti, però era innegabile che questo suo metodo non aveva mai fallito. Quello su cui ero invece maggiormente critico era il modo in cui era solito eseguire queste sue esibizioni, modo che mi era sempre sembrato a dir poco eccessivo. E infatti anche questa volta balzò in piedi con un urlo che fece fare un salto a Lorelai, poi stralunando gli occhi cominciò a roteare le braccia sempre più rapidamente finché si staccò da terra ed iniziò a volare in cerchio a circa tre metri d'altezza mentre la sua pelle cambiava rapidamente colore, passando dal verde al giallo, al bianco, al rosso, al viola e al blu. Poi partì a razzo verso l'alto finché divenne solo un puntino alto nel cielo, per ricadere subito dopo a terra sotto forma di una scimitarra che si conficcò nel terreno. La scimitarra si tramutò in un albero di papaia che crebbe rapidamente sotto gli occhi esterrefatti di Lorelai, riempiendosi di foglie e di frutti che una volta maturi caddero al suolo trasformandosi in altrettante ballerine che si lanciarono in una danza frenetica e poi in un girotondo sempre più vorticoso, fino a scavare una voragine nel terreno dalla quale emerse un palazzo di cristallo dalle cui scale vedemmo scendere Samapatata che si sedette tranquillamente in terra a gambe incrociate. Ad uno schiocco delle sue dita il palazzo alle sue spalle scomparve e rimase soltanto lui, seduto davanti al sasso piatto con sopra il mucchietto d'erbe ormai ridotte in cenere.

Questa volta aveva proprio esagerato. Se non avessi saputo con assoluta certezza che Samapatata era molto al di là di queste cose, avrei sospettato che avesse fatto tutto questo per far colpo su Lorelai, la quale infatti sembrò aver apprezzato molto lo spettacolo, tant'è vero che applaudì con entusiasmo ed esclamò: - Che bello! Lo potresti rifare? -

Va bene, d'accordo, era tutto molto bello e coreografico, ma alla fine che cosa avevamo ottenuto? Provai a trasformarmi ma ero sempre bloccato come prima. Non era cambiato un bel niente. Non riuscii a reprimere un ruggito di disappunto, attirando su di me il calmo rimprovero del mio antico maestro: - Quando imparerai a controllarti, Tabunta, e soprattutto a concentrarti. Ti sei fatto distrarre dal mio piccolo show e non hai colto l'essenziale del messaggio che ti avevo dato. Vediamo se la tua amica è stata più attenta di te. -

Si voltò verso Lorelai che balbettò imbarazzata: - Chi, io?... Mah, non so... Forse quando hai detto... che il segreto sta nel naso? -

- Voilà! Uno a zero per la biondina! Ed ora, mia cara, per favore vuoi introdurre il tuo braccio sottile tra le sbarre della gabbia e premere per tre volte col tuo ditino il nasone del mostro Grunz? -

Lorelai obbedì e, anche se nessuno gliel'aveva chiesto, disse per tre volte - Bip! - ogni volta che mi premeva sul naso. Sentii immediatamente che qualcosa si scioglieva dentro di me, quindi provai a trasformarmi e riacquistai con la consueta facilità il mio aspetto normale. Siccome non ero più un gigantesco ammasso di muscoli, riuscii a passare agevolmente attraverso le sbarre e potei così gustare di nuovo il dolce sapore della libertà.

La mia fu però una gioia di breve durata. Vidi Lorelai e Samapatata che mi guardavano in un modo strano e allora domandai: - Beh, che c'è? -

- Per lo meno parla. - disse il sadu.

E perché mai non avrei dovuto parlare? Ero o non ero tornato me stesso? Mi guardai le mani e mi accorsi che pur essendo tornate delle dimensioni normali, erano però ricoperte di folto pelo, come quello del mostro Grunz. Qualcosa non aveva funzionato.

- Cosa significa questo, Sama? (era questo l'abbreviativo col quale ero solito chiamare il mio maestro, anche perché se avessi scelto invece la seconda metà del suo nome, sarebbe sembrato poco rispettoso) -

- Significa che il blocco è sceso molto in profondità, che il verme ha raggiunto il nocciolo, che la nave ha toccato il fondo, che... -

- Va bene, va bene, ho capito il concetto. - tagliai corto sapendo che quando iniziava con le metafore non la finiva più.

- Ma il mio viso com'è? - domandai.

Questa volta mi rispose Lorelai: - È una via di mezzo tra il tuo e quello del mostro Grunz. Però non stai male così, anzi ti dà un che di selvaggio. -

Questa poi! Come al solito Lorelai riusciva a vedere il lato positivo della situazione.

- E ora che si fa? - chiesi a Samapatata.

- Sinceramente non saprei. - rispose il sadu grattandosi il mento sotto la sua arruffatissima barba - L'unica idea che mi viene in mente è che tu torni per altri cinque anni all'ashram e scendi in profondità dentro te stesso così da... -

- Niente da fare. - tagliai corto - Siamo in viaggio verso la Cina per aiutare un amico, non possiamo assolutamente deviare. -

- Dove state andando? -

- Dobbiamo trovare la fonte inversa, per fargli recuperare la perduta giovinezza. -

- La fonte inversa? Quella che si trova nella regione del Va-Fan-Task? -

- Proprio quella! Perché, tu sai come arrivarci? -

- No, però anni fa ci andò un mio discepolo, nonostante lo avessi vivamente sconsigliato.

Aveva il complesso della statura e una volta giunto lì chiese di diventare l'uomo più basso del mondo, volendo invece diventare il più alto. Bene, adesso è alto tre metri e lavora in un circo. Come ti ho sempre insegnato, Tabunta, i desideri possono essere molto pericolosi. -

Poi ci pensò sopra per un attimo e aggiunse: - Però ora la fonte inversa potrebbe anche essere una soluzione per il tuo problema, sempre che tu stia bene attento ad esprimere correttamente il tuo desiderio. -

- Ah, io non sbaglierei di certo a chiedere quello che voglio! - affermò, sicura, Lorelai.

- Ah sì? E che cosa vorresti? - domandò Samapatata.

– Chiederei di non farci più cacciare in pasticci del genere!... Beh, naturalmente so che dovrei formulare la richiesta alla rovescia. -

CAP. 9

- Io non ti posso accompagnare perché devo andare al *Kumba Mela di Calcutta,* - mi disse Samapatata - ma voglio darti qualcosa che ti potrà essere d'aiuto. Ecco qua, mettilo al dito. -

Trasse fuori da chissà dove un anello e me lo porse, poi proseguì: - Questo è il famoso anello di Melchiorre, ogni volta che ne avrai bisogno, fai fare un giro completo alla sua pietra e ti giungerà un aiuto dalla dimensione 14. -

- La dimensione 14? -

- Sì, adesso non ti preoccupare di cosa sia la dimensione 14. Se tu fossi rimasto altri cinque anni nel mio ashram ora lo sapresti, ma sei voluto andar via... -

E dagli! Il mio maestro se l'era proprio legata al dito.

M'inchinai a mani giunte e gli dissi: - Grazie caro Sama. Ti prometto che non appena avrò cinque anni liberi tornerò da te e finirò la mia formazione. Salutami Samacarota e Samacipolla. -

Lorelai imitò il mio inchino e aggiunse: - Sì, salutaci tutti quanti. Anche a me piacerebbe venire nel tuo ashram, perciò quando ci verrà lui ci verrò pure io. -

- Sarai la benvenuta, - rispose il sadu - anche se dovremo metterti una barba finta perché sei troppo carina e potresti distrarre gli altri discepoli. -

Prendemmo congedo da Samapatata e uscimmo dallo zoo. Mentre camminavamo Lorelai mi domandò: - Una barba finta? Ma ti pare che io debba stare per cinque anni con una barba finta? -

- Ma no, diceva così per dire. -

- Non mi pare che dicesse così per dire. -

- A proposito di barbe, - dissi cambiando discorso - bisogna che io trovi il modo di rendermi un po' più presentabile. Non posso andare in giro con questa faccia da mezzo mostro. -

- Non è poi così male, è solo un po' troppo pelosa. Forse basterebbe una buona rasatura. -

Per l'appunto stavamo passando davanti ad un negozio di barbiere, così entrammo ed io mi sedetti chiedendo di farmi barba e capelli. Mi vedevo in uno specchio per la prima volta e potei constatare che la situazione non era poi così drammatica come mi ero immaginato. Ero quasi normale, solo molto più peloso, ed avevo delle zanne non propriamente umane. Per nasconderle però bastava semplicemente che non sorridessi. Avevo poi negli occhi una strana luce animalesca e quando qualcosa mi faceva arrabbiare ruggivo.

Per fortuna eravamo in India dove esiste da sempre la massima libertà di costume e la gente è abituata a veder passare in strada persone combinate nei modi più strani. Certo non sarebbe stato lo stesso se fossimo stati in Svizzera o in Germania.

Il barbiere mi scambiò addirittura per l'incarnazione di una divinità e si prostrò ai miei piedi. Ci volle del bello a del buono per fargli capire che aveva preso un granchio, ma alla fine riuscimmo a convincerlo ad esercitare il suo mestiere.

Quando ebbe finito sembravo un altro. Aveva fatto davvero un ottimo lavoro. Adesso, con i folti capelli, i basettoni, i baffi e il pizzetto, avevo un aspetto un po' mefistofelico ma rientravo tutto sommato nella norma.

- Ora rimettiamoci a cercare Lupo Sdentato. - suggerii una volta che fummo di nuovo in strada.

- Vuoi dire Daphne. - fece Lorelai con un sorrisetto ironico.

– Lupo Sdentato o mago Fu-Mo-Ki o Daphne… o come preferisci tu. -

Girammo per tutto il giorno e per i due successivi perlustrando ogni via e chiedendo a tutti se avessero visto o sentito qualcosa di due stranieri caduti dal cielo, ma senza alcun risultato. Nei giorni seguenti allargammo il nostro campo d'indagine ai dintorni per un raggio di venti chilometri ma Lupo Sdentato e il dirottatore sembravano essere spariti nel nulla.

Dopo due settimane di inutili ricerche, una sera, al tramonto, ci sedemmo sui gradini di un tempio. Lorelai si tolse le scarpe e massaggiandosi i piedi indolenziti, disse: - Senti piccioncino segugino, non ti pare che abbiamo cercato abbastanza? -

- Dici per oggi? -

- Dico per oggi, per domani e per dopodomani. -

- Vorresti rinunciare? -

- Pensavo che forse potremmo andare alla fonte inversa anche senza Lupo Sdentato, visto che sei tu che devi esprimere il desiderio per conto suo. Forse lo puoi fare anche se lui non è lì presente. -

- Vuoi dire a distanza? -

- Proprio così, a distanza. -

- E se non funzionasse? -

– Allora potremmo prendere una bottiglietta di quell'acqua e portarla via. Quando poi Lupo Sdentato si rifarà vivo, tu la berrai e gli farai riacquistare la giovinezza. -

Ci pensai su un attimo. Anche questa seconda ipotesi mi suscitava qualche dubbio perché non sapevo se bisognava essere vicini alla fonte perché il desiderio si avverasse, così le dissi:
- Cerchiamolo ancora per un giorno e se non lo troviamo, partiremo senza di lui, anche se sinceramente avrei preferito che venisse con noi. -

- Quello che ora io sinceramente preferirei è andare a mangiare qualcosa. - disse Lorelai guardandosi intorno - Quello laggiù non è un ristorante? -

La sua impressione si rivelò esatta, così entrammo e ci sedemmo ad un tavolo.

A fine pasto, rinfrancati dalla gustosa cenetta, ci mettemmo a guardare dalla vetrina l'incessante andirivieni delle persone lungo la via che, come tutte le strade dell'India, brulicava di varia umanità.

Ad un tratto, mescolati alla folla, vedemmo passare Daphne e il dirottatore, ed anche loro ci videro. L'espressione che si disegnò sul volto di Daphne non fu quella che mi sarei aspettato, perché invece di essere un'espressione di piacevole sorpresa, sembrò quasi spaventata, dopodiché l'avvenente fanciulla prese sottobraccio il suo accompagnatore ed accelerò il passo mescolandosi alla folla. Sia io che Lorelai balzammo in piedi e corremmo verso l'uscita del ristorante per gettarci al loro inseguimento, ma, e questa volta è proprio il caso di dirlo, avevamo fatto i conti senza l'oste il quale ci afferrò per il colletto proprio sull'uscio, avendo completamente frainteso il motivo per cui stavamo abbandonando in tutta fretta il suo locale. Il malfidato aveva infatti supposto che volessimo dileguarci senza pagare il conto. Siccome purtroppo non avevo conservato insieme a una parte del suo aspetto anche un po' della forza del mostro Grunz, non fui in grado di svincolarmi dalla sua presa, anche perché l'oste, in quanto a dimensioni, ricordava più un armadio che un uomo. E così, dopo le debite spiegazioni e il pagamento del dovuto da parte nostra e le scuse esageratamente servili da parte dell'oste, quando finalmente riuscimmo a mettere il naso fuori dal ristorante, di quella strana coppia che avremmo voluto raggiungere, non c'era più alcuna traccia.

CAP.10

- Perché sono scappati? - chiese Lorelai.

- Non lo so, ma visto che non si vogliono far trovare, non perderemo più altro tempo a cercarli. -

- Chissà, forse il dirottatore ha rapito Daphne. -

- Oppure è Daphne che ha rapito il dirottatore. In tutti i casi noi domani partiamo. -

- D'accordo. -

Siccome era una bella serata decidemmo di fare due passi prima di tornare al nostro alberghetto, rimandando così il nostro consueto incontro ravvicinato del primo tipo che da quando ero rimasto a metà strada tra me stesso e il mostro Grunz era diventato pressoché irrinunciabile.

In cerca di un po' di tranquillità, abbandonammo le strade più affollate e andammo a passeggiare in una zona meno frequentata. Lì le stradine e le piazzette erano semideserte ed illuminate più dalla luna piena che dai rari e fiochi lampioni. Passammo accanto ad una donna seduta sulla soglia di casa con un panno steso in terra davanti a sé, che ci chiese: - Volete conoscere il vostro futuro per solo mezza rupia? -

Ecco di nuovo qualcuno che voleva sbirciare al di là del famoso velo. Il mio primo impulso fu naturalmente quello di declinare cortesemente l'invito, ma Lorelai fu molto più veloce di me perché in un attimo le mise in mano la mezza rupia e disse: - Se mi dici solo cose belle, te ne do altra mezza. -

Ormai era fatta, perciò mi rassegnai ad ascoltare quello che nel migliore dei casi, e cioè se non erano cose del tutto inventate, avrei preferito non sapere.

La donna tirò fuori una specie di grosso dado a dodici facce, ognuna di un colore diverso, con disegnati sopra dodici strani simboli che non avevo mai visto prima. Sembrava un oggetto molto antico, di osso o forse d'avorio, consumato dal tempo e dall'uso. Lo porse a Lorelai dicendole di tirarlo per tre volte sul panno steso in terra. La mia bionda compagna obbedì e le venne il rosso, l'azzurro e infine il bianco.

- Ottimo! - esclamò la donna - Questa è una combinazione molto fortunata. -

Stava per proseguire il suo discorso quando mi accorsi che il grosso dado aveva iniziato ad emettere una leggera luminescenza, particolarmente visibile a causa della semioscurità nella quale eravamo immersi. Incuriosito allungai la mano, la donna gridò: - Fermo! Non lo toccare adesso! - ma lo disse un attimo troppo tardi. Non appena lo sfiorai, il dado emise un lampo di luce ed io... scomparvi. In realtà ero sempre lì ma loro non mi potevano più né vedere, né sentire e nemmeno toccare. Infatti Lorelai allungò subito istintivamente le braccia verso di me ma le sue mani mi passarono attraverso.

- Co... cosa è successo? - balbettò sbigottita.

Per tutta risposta la donna, visibilmente contrariata, si alzò borbottando: - Accidenti, accidenti... - raccogliendo in fretta e furia il dado e il suo pezzo di stoffa. Ma quando si alzò e fece per rientrare in casa, Lorelai l'afferrò per il vestito costringendola a fermarsi.

- Mi vuoi dire che cosa è successo? Guarda che non ti faccio andare via. -

- È successo che il tuo amico è un incosciente! Chi gli ha detto di toccare il Mondàr? Quando il Mondàr s'illumina non va toccato perché diventa una porta! Tieni, riprenditi la tua mezza rupia. -

- Cosa vuoi che me ne importi della mezza rupia! - esclamò Lorelai - Hai detto che diventa una porta? Che volevi dire? Una porta per dove? -

- Per la dimensione 14! E non mi chiedere

altro perché non lo so, nessuno è mai tornato da lì. -

Lorelai fece: - Oh! - con la sua tipica espressione meravigliata, ossia con i grandi occhi azzurri spalancati e le labbra cariche di rossetto che formavano una specie di piccolo cuore. La donna ne approfittò subito per liberarsi dalla sua presa ed entrare in casa richiudendosi la porta alle spalle. La povera biondina rimase così tutta sola nella notte.

Avrei voluto dirle che ero ancora lì a un passo da lei, ma non mi poteva sentire. Poi tutt'a un tratto mi sentii risucchiare verso l'alto così velocemente che persi quasi conoscenza, finché mi ritrovai in una grande stanza in cui si trovavano delle persone, alcune sedute a dei tavoli ed altre su delle panche accostate alle pareti. Quelle ai tavoli giocavano a carte, a scacchi oppure a dama mentre quelle sulle panche o non facevano nulla o parlavano sottovoce tra loro o leggevano qualcosa. Erano uomini e donne ed anche se nessuno di loro era in divisa, ebbi l'impressione di trovarmi in una stazione dei pompieri in cui momentaneamente regnava la calma, ma dove però da un momento all'altro sarebbe potuto suonare l'allarme per un incendio. Capii presto da dove mi era venuta quell'idea: in un angolo della stanza c'era un foro circolare nel pavimento con un palo che vi passava attraverso, proprio come quello lungo il quale in tanti film avevo visto scivolare i pompieri quando arrivava la chiamata.

Su una parete c'erano due grandi finestre dalle quali entrava una bella luce. Mi avvicinai ad una di esse, guardai all'esterno e vidi che eravamo... sopra le nuvole.

- Benvenuto nella dimensione 14. - disse una voce alle mie spalle. Mi voltai e vidi Samapatata che mi sorrideva.

Poi aggiunse: - E così hai trovato una scorciatoia per arrivare fin quassù. -

- Sinceramente ne avrei fatto anche a meno. - risposi - Ma tu non dovevi essere a Calcutta, al Kumba Mela? -

- Infatti sono là, ma mentre ero in profonda meditazione ho sentito che eri nei guai e così sono passato a trovarti. -

Ci pensai su un attimo. Ero nei davvero guai? Altre volte mi ero trovato in guai ben peggiori di quello, però in effetti qualche chiarimento mi avrebbe fatto comodo, così gli domandai: - Mi vuoi spiegare che posto è questo? -

- È la dimensione 14, ed è una dimensione di aiuto. Queste persone che vedi qui sono in realtà spiriti pronti a correre in soccorso di chi ne ha bisogno. Vedi quel telefono laggiù sulla parete? Ogni tanto suona, allora chi è di turno va a rispondere, scrive su un foglietto le indicazioni che gli vengono date e parte al galoppo per la missione che gli viene affidata. -

- Ho capito, però non capisco io cosa ci faccio qui. -

- Questo me lo devi dire tu. A meno che tu non abbia toccato un Mondàr mentre era in funzione... -

- Ecco, penso che sia successo proprio quello. -

- Ma guarda, è un evento molto raro. - disse Samapatata grattandosi il mento sotto la sua arruffatissima barba - Nessuno è così sventato da... -

- Va bene, va bene, salta questa parte e arriva al dunque. -

- Il dunque è che adesso tu non sei né di qua né di là, infatti come puoi vedere, qui come sulla Terra, nessuno ti può scorgere. -

- Già, me ne sono accorto. -

- Insomma saresti inesorabilmente condannato a rimanere per sempre in questa specie di limbo se... -

- Se... -

- ...se io non ti avessi dato quell'anello. -

- Quell'anello? Ma io l'ho dato a Lorelai! -

- E questa è stata la tua fortuna. Se ora l'avessi tu non ti servirebbe a niente, mentre invece così, non appena a Lorelai verrà in mente di usarlo, le apparirai davanti in carne ed ossa. -

- Perfetto! - esclamai - Così tutto sarà risolto. -

- No, perché rimarrai visibile solo per un quarto d'ora, poi scomparirai di nuovo. -

- Sì, ma lei potrà sempre farmi tornare. -

- Solo per tre volte. Alla terza ricomparirai definitivamente sulla Terra e l'anello scomparirà. -

- Allora farò così: non appena andrò da lei, le dirò di chiamarmi subito altre due volte e così non ci saranno più problemi. -

- Non ti conviene. -

- Come non mi conviene? -

- No, perché rimanendo così potrai aiutare Lorelai molto di più, dato che in questa dimensione hai dei poteri speciali. -

- Tipo? -

- Ad esempio l'invisibilità, e anche la capacità di spostare gli oggetti col pensiero. E poi mi sono scordato di dirti una cosa importante e cioè che dopo la prima volta che ti avrà chiamato e che sarai poi ritornato immateriale, potrai rimanerle accanto e comunicare con lei telepaticamente. -

Dopo un attimo di riflessione dissi: - Allora, tutto sommato, da questo incidente ci ho guadagnato. -

- Sì, è proprio come se tu avessi inciampato in un sasso e fossi caduto sopra una borsa piena di monete d'oro. -

Samapatata, in qualsiasi situazione, non perdeva mai il suo gusto per le metafore.

CAP.11

L'importante adesso era che Lorelai si ricordasse dell'anello. Io non potevo fare altro che aspettare. Samapatata rimase un po' con me a farmi compagnia, facemmo qualche partita a carte ma poi se ne dovette andare. Dopo avermi fatto promettere di nuovo che sarei tornato quanto prima nel suo ashram, ci salutammo, lo ringraziai e poi scomparve come nebbia mattutina che si dissolva al primo raggio di sole.

Per passare il tempo mi misi a guardare cosa facevano gli altri. Come mi aveva spiegato il mio maestro, ogni tanto il telefono squillava ed uno di loro andava a rispondere, prendeva appunti e poi si calava lungo il palo sparendo rapidamente al di sotto del pavimento. Andai a sbirciare dentro quel foro e vidi che il palo scendeva giù giù giù in mezzo alle nuvole. Mi venne la tentazione di lasciarmi scivolare anch'io come loro, per vedere di accelerare un po' i tempi, ma Samapatata, conoscendomi bene, mi aveva ammonito di non farlo. Ben consapevole di essere stato appena graziato dalle funeste conseguenze della mia ultima mossa avventata, feci dietrofront e mi andai a sedere su una panca. Presi in mano uno dei libri che gli spiriti lasciavano lì appoggiati. Scoprii così che in mezzo ai numerosi testi sacri ricchi di argomenti aulici ed elevati c'erano anche diversi libri umoristici molto divertenti, alcuni dei quali anche dei miei autori preferiti. M'immersi nella lettura di uno di essi ed ero giunto ad un punto cruciale della storia quando mi sentii risucchiare verso il basso. Il mio corpo si dematerializzò e si ricompose davanti a Lorelai, nella nostra camera d'albergo. Aveva in mano l'anello al quale aveva appena ruotato la pietra. Per fortuna il suo cervellino, acuto come la punta di una freccia, non aveva impiegato troppo per ricordarsi di ciò che aveva detto Samapatata.

- Piccioncino pazzerello! - esclamò abbracciandomi - Meno male sei tornato! -

Siccome sapevo che avevamo solo un quarto d'ora prima che io ridiventassi invisibile, cercai di sfruttare al meglio il tempo a disposizione. Dodici minuti, ahimè pochi, vennero dedicati a 'festeggiare' la nostra insperata riunione, mentre impiegai i rimanenti tre minuti per mettere al corrente Lorelai delle ultime novità.

- Sarai dunque invisibile ma presente. - disse - Bene, così se dobbiamo riprendere l'aereo pagheremo un biglietto solo. -

Era quello un vantaggio che non avevo ancora considerato.

Improvvisamente scomparvi, restando però sempre lì accanto a lei. Lorelai si guardò intorno un po' smarrita e chiese: - Ci sei? -

"Sì, sono qui." le comunicai telepaticamente " Ora fammi provare se è vero che posso spostare gli oggetti col pensiero."

Mi concentrai sulla sua borsa e questa si sollevò, poi provai col letto ed anche quello si staccò da terra leggero come una piuma, infine provai con lei ma nonostante cercassi col massimo impegno di farla fluttuare a mezz'aria come un astronauta al di fuori dall'atmosfera, non riuscii a smuoverla di un millimetro.

- Che succede? - chiese Lorelai.

"Ho provato a sollevarti ma non mi è riuscito."

- Certo, perché io non sono un oggetto. Sarebbe ora che te ne rendessi conto. -

"Non l'ho mai pensato. Si vede che posso smuovere solo cose inanimate."

Decidemmo di andare a dormire, con l'idea di ripartire la mattina dopo. Mi apprestai a cadere tra le braccia di Morfeo ma dopo un po' mi resi conto di non avere affatto sonno. Evidentemente, non avendo un corpo materiale, ero libero dai normali bisogni legati ad esso come il sonno e forse anche il cibo. Lorelai invece dormiva già come un angioletto e dalla sua espressione felice si capiva che stava facendo un bel sogno. Decisi di uscire e di andare a fare una passeggiata notturna per la città. Era tardi, c'era poca gente in giro e poche finestre erano ancora illuminate. Dopo un po' che vagavo senza meta, vidi in una via laterale un portoncino socchiuso dal quale filtrava una luce. Sopra il portoncino c'era un'insegna, ma essendo scritta in hindi non ero in grado di leggerla. Scivolai dentro, scesi una decina di scalini e scoprii che quella era una libreria piena zeppa di libri per lo più antichi. Seduto là in mezzo stava un uomo corpulento, con la barba grigia. Aveva indosso un caffetano ed un turbante in testa. Con due piccoli occhialini tondi sul naso, era immerso nella lettura di un grosso volume dalle pagine ingiallite. Dando un'occhiata in giro vidi che c'erano opere di tutti i tipi ed anche una sezione dedicata agli atlanti, ai libri di viaggio e alle mappe, così pensai che quello poteva essere il posto giusto dove trovare informazioni sulla regione del Va-Fan Task e sulla fonte inversa. Scordandomi di essere immateriale, domandai al libraio se avesse qualche cosa sull'argomento ma lui naturalmente non mi rispose. Mi ricordai così della mia condizione e volli fare un esperimento. Gli urlai fortissimo la mia richiesta dentro un orecchio, ma tutto quello che riuscii ad ottenere fu solo di fargli interrompere la lettura, alzare gli occhi, guardarsi attorno, grattarsi col dito dentro l'orecchio e rimettersi a leggere. Capii che era inutile insistere e decisi di ritornare la mattina dopo insieme a Lorelai. Risalii in strada e ripresi il mio girovagare.

Normalmente, ossia dormendo, la notte passa in un attimo e lo stesso succede se si rinuncia al sonno per gozzovigliare e divertirsi. Se invece si deve aspettare l'alba senza avere nulla da fare, allora il tempo sembra non passare mai. Dopo un po' che camminavo senza meta, mi sedetti su un muretto e chiusi gli occhi per qualche minuto. Scoprii in questo modo che se nella dimensione in cui mi trovavo era impossibile dormire, era invece molto più facile meditare, ossia mettere a tacere la mente e raggiungere quel senso di comunione con il Tutto così difficile da ottenere in condizioni normali. Cosicché, immerso in questo stato beato, non mi accorsi più dello scorrere del tempo e mi ritrovai in un attimo alla mattina dopo. Quando ripresi contatto col mondo esterno il sole era già spuntato da un bel po' e perciò mi riavviai verso l'albergo dove ero comunque certo che Lorelai stesse ancora dormendo. E invece mi sbagliavo perché quando entrai in camera la trovai già in piedi, o meglio a sedere sul letto, che si rigirava l'anello tra le dita e diceva guardandosi intorno: - Insomma, ci sei o non ci sei? Ora conto fino a dieci e se non mi rispondi giro la pietra, così dovrai saltar fuori per forza. Uno, due, tre… -

"Ferma, ferma, sono qui." le dissi telepaticamente.

- Era ora! - esclamò - Ma insomma, piccioncino ingannatore, non devi andartene così senza dirmelo. Ti ho parlato per mezz'ora credendo che tu fossi qui. -

"Hai ragione, però stanotte ho scoperto qualcosa che potrebbe tornarci utile."

Le raccontai della libreria e della mia idea di potervi trovare qualche informazione sulla fonte inversa e dopo un quarto d'ora eravamo già lì.

Davanti al portoncino, che ora era aperto, stava seduto l'uomo che avevo visto la notte prima, ancora immerso nella lettura di un libro. Lorelai gli si avvicinò e gli domandò: - Scusi, lei vende libri? -

Era una domanda un po' strana da fare a un libraio e infatti l'uomo rispose un po' seccato: - No, in realtà vendo banane, di nascosto. -

Lorelai rise e il libraio, come qualsiasi uomo che si trovasse di fronte a lei quando rideva, non poté fare a meno di rimanere abbagliato dalla sua risata argentina. Cambiò subito tono e le disse gentilmente: - Ma certo che vendo libri, ne ho di tutti i tipi. Permette? Mi chiamo

Mustafà e sono a sua disposizione. Cosa stava cercando? Vuole scendere a dare un'occhiata? -

Si alzò dalla sedia e le fece strada entrando prima di lei.

Una volta all'interno, Lorelai rimase impressionata dalla grande quantità di libri e gli chiese: - Ha qualcosa che parli della regione cinese del Va-Fan-Gìr? -

- Vuole dire del Va-Fan-Task. - la corresse il libraio.

- Sì certo, dove c'è la fonte inversa. -

Mi ero raccomandato cento volte di non nominare la fonte inversa se non ce ne fosse stato proprio bisogno e naturalmente dopo tre secondi lei l'aveva già fatto. Cercai di protestare telepaticamente ma lei esclamò: - Lasciami fare! -

- Come ha detto signorina? - chiese Mustafà.

- Niente, non dicevo a lei. -

Il libraio si guardò intorno per vedere se gli fosse sfuggito qualcosa, poi chiese: - Ha detto la fonte inversa? Come mai la sta cercando? Molti pensano che non esista neppure, ma io conosco un paio di persone che vi sono state e si sono messe nei guai esprimendo male il loro desiderio. È una fonte subdola, ingannatrice, ed è facile sbagliarsi nel formulare la propria richiesta. -

- Beh, io però ci devo andare per forza, perché un mio amico è diventato troppo vecchio e il mio piccioncino è diventato un mezzo mostro, a parte il fatto che adesso è invisibile. -

Lorelai non riusciva proprio a limitarsi all'essenziale. Che bisogno c'era di raccontare tutti quei particolari? E poi che cosa avrebbe capito il povero libraio?

Invece lui disse: - Capisco, sono rimasti vittime anche loro della fonte inversa. - il che era vero solo per metà e cioè solo per quel che riguardava Lupo Sdentato - Senta, ma perché invece di andare a cercare la fonte inversa, non va alla fonte diritta, che è a solo cinquanta chilometri da qui ed esaudisce i desideri in modo normale? -

Lorelai alzò un sopracciglio e chiese: - Mi sta prendendo in giro? -

- No di certo, lei ha avuto una gran fortuna a venire qui da me perché io sono uno dei pochi che la conoscono. -

Detto ciò, andò a prendere un libro che pareva molto antico, lo aprì e mettendolo sotto il naso a Lorelai, disse: - Guardi qui, nelle ultime dieci pagine parla proprio della fonte diritta. C'è la mappa che indica dove si trova e riporta anche la leggenda sul mistero che l'avvolge. -

- Quale leggenda? Quale mistero? -

- Anche se la fonte è solo a cinquanta chilometri da qui, è però in mezzo alla jungla e si dice che sia protetta da un maleficio. -

- Ma è solo una leggenda, non è vero? -

- Non si sa, anche perché nessuno di quelli che hanno tentato di raggiungerla è mai tornato indietro. -

- Ah! E lei vorrebbe mandarmi proprio laggiù?! - esclamò Lorelai - Che bel consiglio! Grazie davvero! -

Fece per andarsene risentita, ma io la fermai.

"Cosa fai? Resta dove sei." le dissi telepaticamente "Dimentichi che io verrò con te e che ho poteri speciali."

Lorelai fece dietrofront, tornò sui suoi passi e si fece dare una copia della mappa e di quelle dieci pagine che parlavano della fonte diritta.

CAP. 12

Non appena lasciato il negozio, sbottò: - Piccioncino scriteriato, credevo che tu ci tenessi a me! Mi vuoi mandare da sola nella valle maledetta da cui nessuno ha mai fatto ritorno! -

"Perché dici da sola? Ti ho già detto che io verrò con te."

- Sì ma c'è una piccola differenza, tu sei incorporeo e io no. -

"Fidati di me. Dimmi, ti ho mai messa nei guai?"

- Almeno una trentina di volte. -

"Volevo dire, ti ho mai *lasciata* nei guai?"

- Beh no, mi hai quasi sempre salvata, a parte le volte che io ho salvato te. -

"Vedrai, anche stavolta andrà tutto bene."

- E poi - proseguì Lorelai - io non gli avrei dato tutti quei soldi, siamo rimasti quasi a secco. -

"Sì, quel Mustafà sa far bene i suoi affari, ma non ti devi preoccupare per i soldi. Quando avremo trovato la fonte diritta, le chiederemo anche di rimpinguare le nostre casse."

Lorelai ci pensò un attimo e poi accondiscese: - Va bene, però c'è un ultimo problemino. -

"E quale sarebbe?"

- Mustafà ha detto chiaramente che la fonte si trova in mezzo alla jungla e che non ci sono strade per arrivarci. Perciò come pensi di fare? -

"Nessun problema, dobbiamo solo trovare un disfacimento."

- Un disfacimento? Che disfacimento? Di automobili? -

"Sì."

Dopo essere ripassati dall'albergo a raccattare le nostre cose, iniziammo, o meglio Lorelai iniziò a chiedere in giro se nelle vicinanze ci fosse uno sfasciacarrozze.

Fummo fortunati perché ce n'era uno non molto lontano e dopo poco Lorelai era già impegnata nella contrattazione per l'acquisto di un vecchio catorcio privo di motore. Ci volle una mezz'ora buona ma alla fine riuscì a spuntare un prezzo che ci potevamo permettere. Dopo aver incassato il denaro, il venditore le chiese: - Ha bisogno del carro attrezzi per portarla via? -

Sempre dietro mio suggerimento, Lorelai rispose di no e andò a sedersi nell'auto. Salii anch'io, dopodiché la macchina, sotto gli occhi sbigottiti del venditore, effettuò un perfetto decollo verticale, raggiunse un'altezza di circa cinquanta metri e partì silenziosamente in direzione della jungla lasciando cadere dietro di sé soltanto qualche vite e qualche bullone arrugginito. Tutto ciò era dovuto chiaramente al mio nuovo potere di telecinesi grazie al quale ero in grado di guidarla piuttosto facilmente. In poco tempo lasciammo la città ed iniziammo a volare sopra la jungla. Era davvero un bellissimo spettacolo, tutta quella lussureggiante vegetazione e quegli uccelli esotici e scimmie che si intravedevano tra i rami degli alberi. Nonostante anche Lorelai guardasse ammirata tutto ciò, sembrava però leggermente nervosa, forse perché la macchina scricchiolava un po'. Tutto ad un tratto riacquistai la mia corporeità e mi ritrovai seduto in carne ed ossa accanto a lei. Naturalmente insieme alla mia invisibilità se n'erano andati anche tutti gli altri poteri ad essa connessi. Guardai Lorelai con aria interrogativa e lei, confusa, confessò: - Devo aver girato per sbaglio la pietra dell'anello . -

Avrei voluto dire qualcosa ma non ce ne fu il tempo, perché l'auto, priva del mio sostegno, puntò decisamente verso il basso andando ad infilarsi in mezzo ai rami degli alberi. Per fortuna non centrò in pieno nessun grosso tronco e le liane, prendendola "al lazo", ne rallentarono gradualmente la velocità. Rimbalzando qua e là andò infine a fermarsi tra le larghe e morbide foglie di una grande pianta tropicale.

- Scusa patatino. - furono le prime parole che la sbadata biondina mi disse non appena fummo sicuri di essere ancora tutti interi.

- Quante volte devo dirti... - iniziai a dire ma lei m'interruppe subito.

- Sì lo so, devo stare più attenta a quello che faccio e smetterla di combinare guai. -

- Io veramente volevo supplicarti per l'ennesima volta di non chiamarmi più patatino o piccioncino o roba del genere. -

- Che colpa ne ho io se mi viene da chiamarti così. E poi mi avevi detto di non farlo quando c'erano altre persone e mi pare che adesso, più soli di così... -

Non avevo voglia di discutere perciò dissi semplicemente: "Aspettiamo un quarto d'ora e non appena ridivento invisibile ripartiamo."

Lorelai mi abbracciò, mi dette un bacio e mi disse - Perlomeno ti ho rivisto. -

"Sì però ora devi stare attenta perché la prossima volta sarà l'ultima e poi addio poteri."

- Non ti preoccupare, starò attentissima. -

Trascorso il quarto d'ora scomparvi di nuovo, ma pochi istanti dopo riapparvi tale e quale.

- Hai di nuovo girato l'anello! - esclamai.

- Ma no! - protestò Lorelai.

- Non è stata lei, sono stata io. - disse una

voce infantile proveniente dall'esterno. Guardammo fuori dal finestrino e vedemmo una bambina di cinque o sei anni dai capelli neri e la pelle olivastra che ci guardava sorridendo. Anche se la sua bocca sorrideva, i suoi occhi avevano un'espressione fredda, per niente amichevole.

- So perché siete qui, - proseguì - ma non ci riuscirete. La fonte diritta è mia da più di duecento anni e nessuno può andarci se io non lo voglio... ed io non lo voglio! -

Forse per timore che non avessimo capito bene, fece un gesto con le mani e la nostra auto si sollevò di un paio di metri, poi si mise in posizione verticale e infine ricadde a terra ricalcandosi un po' e procurandoci qualche livido. Quando infine l'auto ebbe riacquistato, cadendo e procurandoci qualche altro livido, la sua consueta posizione orizzontale, la bambina si avvicinò al nostro finestrino, ormai rotto, si chinò e disse: - Oggi sono di buon umore ma se non volete che vi capiti di peggio, fate armi e bagagli e tornatevene da dove siete venuti. -

Si trasformò poi in una scimmietta, si arrampicò su un albero e si allontanò saltando da un ramo all'altro.

Aprii lo sportello sferrandogli un forte colpo con entrambi i piedi, così potemmo uscire all'aperto. Eravamo tutti e due un po' indolenziti. La prima a parlare fu Lorelai: - E poi dicono di voler bene ai bambini! Guarda, mi si è rotta anche un'unghia! -

- Quella non era una bambina. - dissi massaggiandomi un gomito indolenzito - Non hai sentito che ha più di duecento anni? -

- Però, li porta bene. -

- Vieni, recuperiamo la nostra roba. -

- Pensi di rinunciare? - chiese Lorelai aiutandomi a tirare fuori dalla macchina i nostri zaini.

- Dobbiamo farglielo credere, allontaniamoci da qui. -

Mentre camminavamo in mezzo alla folta vegetazione dissi: - Tu mi conosci, non mi piace rinunciare, specie quando siamo così vicini alla meta. -

- Perché, secondo te siamo vicini? -

- Credo di sì visto che abbiamo incontrato quell'enfant terrible, in tutti i casi sarà meglio fermarsi a controllare sulla mappa. -

- Ma tu lo sai dove siamo adesso? -

- No, ma se aspettiamo la notte te lo saprò dire. Mi so orientare con le stelle. L'ho imparato anni fa, quando trasportavo pietre preziose a dorso di cammello attraverso il deserto del Gobi. -

CAP. 13

Trovato un posto adatto, ci sistemammo per attendere la notte. Anche se non fu facile a causa dell'umidità della jungla, riuscimmo a trovare della legna secca per accendere un fuoco, quindi ci sedemmo sui nostri sacchi a pelo e tirammo fuori un po' dei viveri che ci eravamo portati dietro.

Mentre Lorelai addentava un panino, mi misi ad intagliare col mio coltello un pezzo di bambù per ricavarne un flauto.

- Non hai fame? - mi chiese.

- Penso sia più urgente fare questo. -

- Un flauto? Non sapevo che amassi tanto la musica. -

Non appena l'ebbi finito, iniziai subito a suonare un motivo, esotico e ripetitivo.

- Che strana musica, - disse Lorelai - sembra quella degli incantatori di serpenti. -

Le feci cenno di voltarsi e così vide l'enorme cobra che stava ritto a un paio di metri da lei.

Impietrita dalla paura, smise di masticare il suo panino. Interruppi per un attimo la mia esecuzione per dirle: - Non ti muovere! - poi, sempre suonando, mi alzai e mi allontanai dal nostro accampamento tirandomi dietro il serpente che, docile come un agnellino, mi seguì per un bel pezzo finché, del tutto ammansito, non se ne andò per i fatti suoi.

Quando tornai Lorelai mi disse: - Voglio tornare a casa. -

- Ma dai, era solo un serpentello, vedrai che non ne verranno altri. -

- Che ne sai? Ce ne potrebbero essere altri centomila qua in giro. Senti, anche se non troviamo la fonte diritta e rimani così come sei, a me piaci lo stesso. Perciò diamo retta alla streghetta e torniamocene a casa a rimirare tranquillamente le stelle dalla nostra torre. -

- A proposito di stelle, guarda, si sta facendo buio. Fammi prendere la mappa, così capirò dove ci troviamo esattamente. -

Vedendo l'espressione delusa di Lorelai, aggiunsi: - Senti, anche volendo, tornare indietro adesso sarebbe un problema. C'è troppa jungla da attraversare. -

Le detti un bacio per rassicurarla, poi afferrai la mappa e sfruttando quel minimo di forza e di agilità in più che mi veniva dall'essere per metà mostro, mi arrampicai velocemente in cima ad un altissimo albero, in modo da avere una visuale più ampia del cielo stellato. Mi misi a cavalcioni di un ramo e rimasi lassù per un po' aspettando che il buio si facesse più intenso. Non essendoci nei dintorni alcuna luce, né di città né di nient'altro, il cielo notturno era una vera meraviglia, nero come l'inchiostro e pieno di miriadi di stelle. Illuminando la mappa con una piccola torcia tascabile, riuscii in breve a capire dove eravamo e così ridiscesi a terra, dove trovai una Lorelai molto più tranquilla di prima.

- Tutto bene? - le chiesi.

- Sì, la paura m'è passata. Sai, trovarmi faccia a faccia con quel serpente gigantesco mi aveva proprio scombussolata. Allora, hai visto se siamo vicini alla fonte? -

- Sì, non è lontana da qui. Il problema più grande rimane la bambina bicentenaria. Ha dei grandi poteri magici. Probabilmente le vengono dalla fonte diritta. -

- Chissà chi è. -

- Forse è giunto il momento di dare un'occhiata a quelle pagine che abbiamo preso da Mustafà. Chissà, forse parlano anche della bambina. -

- Con quello che le abbiamo pagate, - disse Lorelai - spero proprio che dicano qualcosa di utile. -

Tirai fuori dallo zaino quella decina di fogli arrotolati. Per essere delle semplici fotocopie, le avevamo pagate davvero a peso d'oro ed ora stavamo per scoprire se valevano davvero così tanto. Scorsi velocemente la prima pagina che non diceva granché d'interessante, poi la seconda, la terza, la quarta...

- Qui la prende un po' alla larga. - spiegai a Lorelai - Parla delle sostanze presenti nell'universo, delle virtù delle piante, dei poteri racchiusi nelle pietre e nelle acque, nomina molti luoghi famosi per prodigi che vi sono avvenuti... -

Lorelai esclamò: - Bene, ho capito. Abbiamo buttato via i nostri soldi! -

Ma a metà della quinta pagina trovai finalmente quello che stavamo cercando e perciò iniziai a leggere a voce alta: - Nello terzo mese dello anno 1361, all'ora terza dello notturno tempo, cadde dallo cielo uno pillolo d'argento dello diametro di circa tre verghe. Illo pillolo procurò una profondissima buca nello terreno e da cotale buca scaturì uno zampillo d'acqua gelida e purissima che ad oggi, dopo quattro anni, ancora non ha esaurito lo suo sgorgare. Lo fatto più maraviglioso è che chiunque beva da cotale fonte puote esprimere uno desiderio, in ragione di uno desiderio per ogni sorso trangugiato. Molte genti accorrettero... -

Lorelai m'interruppe: - Questo tizio scrive come il figlio di Dorina, la sorella di Gunnar lo svedese, che una volta mi lesse un suo tema di scuola. -

Ritenendo irrilevante questo suo commento, ripresi a leggere: - Molte genti accorrettero dalle contrade più vicine e da quelle più lontane. Finché un brutto giorno accorrette anco lei, donna Ermegonda, la terribile reggente dello orfanotrofio Bimbotriste della contea Rupedimorto, donna perfida e malvagia. Ella non chiese, come già tutti li altri avevan fatto, di guarire da uno crudo male o di produrre aiuto alli bisogni propri o altrui, ma dimandò che la fonte divenisse sua e che nullaltr'omo potesse più abbeverarsi alle sue prodigiose acque. Dimandò quindi di avere grandi poteri magici et anco di ritornare giovine. Nello suo smodato desiderio di scemare la sua matura etade, non seppe contenersi e ritornò in guisa di piccola infanta, divenendo ancor più perigliosa per lo suo prossimo, avendo aggiunto alla sua già grande insensatezza, puranco quella dell'età infantile. -

- Ora è tutto chiaro! - esclamò Lorelai - Quella bambina non è affatto una bambina. -

- Già, - risposi - e non credo che basterà una bella sculacciata per rimetterla in riga. Vediamo che cos'altro c'è scritto.

Indi ella circondò la miracolosa fonte con uno invisibile muro venefico che infetta non lo corpo ma la mente. Trattasi di uno muro allucinatorio che infonde sogni irreali nell'anima del-

lo malcapitato che lo attraversa, trasportando-
lo fuori dalla realitate e fuori dallo suo istesso
senno medesimo. Isto et altri innumerevoli
ostacoli che la maligna Ermegonda ha posto a
danno di colui che tenti di appropinquarvisi,
han resa inaccessibile la prodigiosa fonte no-
mata fonte diritta et tutti coloro che si sono ci-
mentati in cotale impresa non hanno fatto più
ritorno. Esiste tuttavia una profezia che affer-
ma: verrà uno giorno in cui uno omo medio
mostro et una donna orochiomata cadranno
dallo cielo e sconfiggeranno la malefica infante.
-

- Siamo noi! - esclamò Lorelai - Questa profezia parla di noi! Leggi ancora, guarda se dice
qualcosa di più preciso, tipo che la donna orochiomata è bella e simpatica oppure che il suo
nome comincia per elle. -

- Niente da fare, il testo finisce qui. Comunque mi pare che abbiamo speso bene i nostri
soldi. Adesso ne sappiamo molto di più. - dissi
ripiegando i fogli e rinfilandoli nello zaino.

- Sì ma se non c'era la profezia, c'era poco
da stare allegri, col muro allucinatorio, gli innumerevoli ostacoli, nessuno che abbia mai
fatto ritorno... -

- Non scordare che sei in compagnia di quest' 'omo medio mostro', come dice lì, perciò
non hai nulla da temere. Vieni, andiamo. -

- Andiamo dove? -

- Alla fonte diritta, no? Mi è venuta improvvisamente sete. -

CAP. 14

Con gli zaini sulle spalle ci avviammo in direzione della fonte. Non avendo con noi un machete per aprirci la strada, a volte eravamo costretti ad allungare il percorso per aggirare i punti in cui la vegetazione era così intricata da non farci passare. Lorelai aveva una gran paura dei ragni e dei serpenti, ma per fortuna non ne incontrammo quasi nessuno. Ma ecco che tutto ad un tratto la scena cambiò radicalmente e ci ritrovammo seduti in una carrozza settecentesca trainata da una quadriglia di cavalli bianchi. Indossavamo abiti nobiliari dell'epoca e guardando fuori dai finestrini, potevamo ammirare una splendida campagna, molto ben curata. Stavamo percorrendo un lungo viale alberato ai lati del quale si stendevano campi coltivati, vigneti e vasti prati. C'erano poi qua e là alberi da frutto e non da frutto ed anche alcuni boschetti. Lorelai si guardava attorno con aria stupita. Così vestita da damina del settecento era particolarmente bella e pensai di dirglielo ma quando lo feci mi accorsi che le stavo parlando in francese. E lo stesso fece lei, che pure non conosceva una parola di quella lingua, quando mi rispose. Evidentemente avevamo attraversato il famoso muro allucinatorio creato da Ermenegonda e di cui, per fortuna, avevamo appena letto. Dico per fortuna perché così almeno sapevamo che cosa ci stava accadendo e anche se avevamo temporaneamente perso il contatto con la realtà, almeno non rischiavamo di perdere completamente la trebisonda.

- Dobbiamo tornare indietro. - dissi, sempre in francese, a mademoiselle Lorelai.

Mi sporsi dal finestrino per dare ordine al cocchiere d'invertire la rotta, ma rimasi alquanto sorpreso nel constatare che seduto a cassetta non c'era un uomo ma bensì un maiale vestito in livrea. Immagino che una scenetta del genere avrebbe dato il colpo di grazia ad una mente già turbata dall'essere stata inaspettatamente catapultata dalla jungla indiana alla campagna francese del settecento, ma io, conoscendo la causa di tutto questo, non mi feci impressionare più di tanto.

Dissi: - Torno subito. - a Lorelai, uscii dal finestrino, raggiunsi il nostro animalesco postiglione, lo buttai di sotto con una spinta, afferrai le redini e feci fare un brusco dietrofront ai cavalli. Di lì a poco eravamo di nuovo nella jungla, senza più alcuna traccia di quel bizzarro sogno ad occhi aperti.

- Sai una cosa? - chiese Lorelai - Quegli abiti, quella carrozza, parlare in francese... non mi dispiaceva affatto. Perlomeno eravamo in un posto più civile di questo. -

- Non credo che il nostro cocchiere ti sarebbe piaciuto altrettanto . -

- Non ti voglio nemmeno chiedere chi o che cosa fosse. E ora che cosa si fa? -

- Ci riproviamo. - risposi deciso. Al momento non mi veniva in mente niente di meglio da fare.

- Dici? - fece Lorelai con aria scettica - Non pensi che in questo modo si vada poco lontano? -

- Dài, riproviamo. - insistei. La presi per mano e mi riavviai insieme a lei verso la fonte diritta.

Improvvisamente eravamo scalzi, sporchi e vestiti con pelli di animali. Io avevo una clava in mano e per un attimo mi venne l'impulso di trascinare Lorelai per i capelli invece di tenerla per mano. L'aria sapeva di zolfo, il cielo era rosso e intorno a noi c'erano decine di vulcani, grandi e piccoli, tutti più o meno in attività. Vedemmo venire verso di noi un dinosauro dall'aria poco amichevole, quindi, senza bisogno di dire neanche una parola, girammo i tacchi e tornammo precipitosamente indietro.

- Questa volta è stato meno divertente. - fu il commento a caldo di Lorelai, una volta riguadagnata la jungla - Spero solo che tu non voglia provarci di nuovo. -

- Solo un'ultima volta, poi ti prometto che m'inventerò qualcos'altro. -

- Non ci posso credere. - disse portandosi una mano alla fronte e alzando gli occhi al cielo, mentre io la prendevo per l'altra mano e me la tiravo dietro per la terza volta.

Dopo pochi istanti eravamo su una barca in mezzo all'oceano in tempesta. Pioveva a dirotto, tuoni e fulmini si susseguivano a ripetizione, le onde ci sbattevano qua e là senza ritegno e noi cercavamo disperatamente di fronteggiare tutto questo armati solo di un misero remo a testa. Inoltre ogni tanto si vedevano apparire e scomparire tra le onde le pinne degli squali.

- Piccioncino deficiente, - disse Lorelai e non potei fare a meno di notare che era la prima volta che mi chiamava così - te ne accorgi che stiamo andando di male in peggio? -

Gridava per superare il fragore della tempesta ed io, sempre gridando, replicai: - Risparmia il fiato per remare, dobbiamo riuscire ad allontanarci da qui. -

La furia degli elementi era però tale che non ce l'avremmo mai fatta se un'onda particolarmente benevola nei nostri confronti non ci avesse sospinti dalla parte giusta scaraventandoci di nuovo nella jungla, con probabile grossa delusione degli squali.

- Fine dei tentativi di oltrepassare il muro. - disse sinteticamente Lorelai rialzandosi in piedi.

- Allora, quale sarebbe la tua grande idea per sconfiggere Ermenegonda e per far avverare la profezia? - domandai.

- Chi ti ha detto che io abbia una grande idea? -

- Quindi sai solo criticare a basta? -

- Patatino permaloso, te la sei presa per qualcosa che ho detto, vero? Dài, lo sai bene che sei il mio eroe senza macchia e senza paura. Dico solo che qualche volta sarebbe meglio se un po' di paura l'avessi anche tu, così non rischieremmo la buccia inutilmente. -

- Beh, lo ammetto, l'ultimo tentativo ce lo potevamo risparmiare, però sappi che ho già un nuovo piano. -

- Non ne avevo dubbi. - disse Lorelai sorridendo - Sentiamo. -

- È molto semplice. Visto che noi non riusciamo ad entrare, allora dobbiamo far uscire lei da là dentro. -

- Ottimo piano, e come pensi di fare? -

- Dobbiamo far leva sul suo ego e sul suo spirito di competizione. Fingerò di essere un grande mago e la sfiderò apertamente. -

- Non per criticare, ma in questo piano vedo già un paio di punti deboli. -

- Quali? -

- Il primo è che tu non sei un mago, perciò se la sfiderai perderai sicuramente. -

- Ma la sfida non avverrà, perché non appena me la vedrò apparire davanti, entrerà in gioco lei. - e così dicendo estrassi dal mio zaino la mia fedele pistola Fergusson k16 a doppia canna oblunga col rinforzo in carbonio.

- Vuoi dire che vuoi... ucciderla? - disse Lorelai con un'espressione sul volto tra l'incredulo e l'allarmato.

- Mi dispiace ma non vedo altra soluzione. Se potessimo stordirla, legarla, bendarla o cose del genere, lo preferirei anch'io, ma non credo proprio che si faccia avvicinare. Perciò la partita si giocherà tutta in pochi secondi. -

- Piccioncino spietato, non credevo che tu fossi capace di una cosa simile. -

- Pensaci un attimo, ha già fatto sparire decine se non centinaia di persone! E inoltre impedisce l'accesso a una fonte che potrebbe guarire malattie e rendere felice tanta gente. -

- Sì sì, il ragionamento non fa una grinza, ma io ti conosco bene e sono certa che quando sarà il momento non riuscirai a farlo e così io e te saremo fregati. -

- Non c'è alcun bisogno che tu sia lì presente. -

- Ah no? Cosa vuoi, che mi nasconda dietro lo zaino? Forse dimentichi che prima di partire io e te ci siamo sposati, in cima alla torre. -

- Me lo ricordo, e allora? -

- E allora vale la regola: "nella buona come nella cattiva sorte". -

- Lorelai, sei davvero unica. - dissi sorridendo, la strinsi forte e le stampai un bacio sulla bocca facendo la solita indigestione di rossetto.

CAP. 15

Adesso il difficile era far uscire Ermegonda allo scoperto. Dovevo assolutamente farle credere che io fossi un grande mago. Ci allontanammo di circa un chilometro per essere maggiormente sicuri che non ci vedesse e poi iniziammo a confezionare un abito "da mago" fatto di foglie e ramoscelli intrecciati, con tanto di cappello a punta ricavato da una foglia di palma arrotolata a forma di cono.

Alla fine lo indossai e domandai: - Allora, sembro un mago o no? -

Lorelai mi squadrò dalla testa ai piedi e poi rispose: - Sembri più un pazzo. -

- Sì, ma un pazzo mago o solo un pazzo? -

- Va bene, in fondo potresti anche essere un mago pazzo. -

- Guarda che qua intorno non c'è nessun negozio di costumi teatrali, perciò siamo stati anche troppo bravi. -

- A me nel frattempo è venuta in mente

un'altra soluzione. - disse Lorelai cambiando discorso.

- Ah sì? E quale sarebbe? -

- Sempre la stessa, lasciamo perdere tutto e torniamocene a casa. -

- La vuoi smettere? Hai dimenticato che i pronostici sono dalla nostra parte? Mi meraviglio che tu, che presti sempre fede a tutto, non voglia credere alla profezia. -

- Ci credo, ci credo. Me n'ero scordata. -

- Andiamo. - dissi e m'incamminai di nuovo verso la fonte diritta. Avevo segnato il tragitto facendo delle incisioni sui tronchi degli alberi, così ritornammo abbastanza facilmente al punto di partenza, a pochi passi dal muro allucinatorio.

Lì giunti, mi misi a gridare: - Ermenegonda! Dove sei? Vieni fuori! Sono il mago Verdepisello e sono venuto a sfidarti! Dove ti nascondi? Hai paura, eh? -

- Verdepisello? - fece Lorelai da dietro l'albero dove l'avevo convinta a ripararsi per precauzione. Le avevo anche detto di stare zitta, ma era come chiedere all'acqua di un ruscello di non scorrere. Siccome non ottenevo risposta, mi misi a fare un po' più di scena. Alzai le mani al cielo, corsi di qua e di là facendo roteare la mia bacchetta magica e pronunciando ad alta voce strane formule inventate lì per lì. Feci persino finta di essere scosso da fremiti e tremori convulsi come se fossi posseduto da chissà che cosa. Alla fine, tutta questa mia fatica fu premiata, perché sentii una voce di bambina che diceva: - Si può sapere cosa cavolo stai facendo? -

Lì per lì, siccome non me l'aspettavo, feci un salto, ma poi mi ripresi subito e replicai: - Sono il grande mago Verdepisello e sono venuto qui...

- ...a fare la figura del buffone. - concluse Ermenegonda.

Non c'era un attimo da perdere, tirai fuori la mia fedele pistola Fergusson k16 a doppia canna oblunga col rinforzo in carbonio e gliela puntai contro. Questa volta fu lei ad essere presa alla sprovvista, sussultò e rimase per alcuni istanti senza parole. Nella jungla calò un silenzio irreale, sembrava che tutto si fosse fermato. In quei pochi attimi si decideva se il regno del terrore di Ermenegonda sarebbe finito oppure no. I secondi si susseguivano, le gocce di sudore scendevano lungo il mio collo, sembrava proprio di essere nella scena decisiva di un film al momento culminante del duello finale, fino a che il silenzio non fu rotto dalla voce di Lorelai che uscendo da dietro il suo albero, esclamò: - Io lo sapevo! E non dire che non te l'avevo detto! -

- Hai ragione, ma come faccio a sparare a una bambina? - replicai - Non mi riesce, anche se so che non è affatto una bambina ma solo una vecchia pazza assassina. -

Non appena ebbi pronunciato queste parole, la pistola mi saltò via dalle mani e andò a cadere in terra a un paio di metri da me, dopodiché Ermenegonda disse: - È questo dunque che pensi di me, grande mago Verdepisello? Una vecchia pazza assassina... che brutta cosa da dire a una signora o, peggio ancora, a una bambina! Non mi hai sparato, è vero, però mi hai calunniata, perché vedi, io non sono per niente un'assassina dal momento che non ho mai ucciso nessuno in vita mia. -

- Certo! E allora tutti quelli che sono venuti a cercare la fonte diritta e non sono mai più ritornati? -

- Sono tutti vivi e vegeti, qua in giro da qualche parte, trasformati da me in uccelli, scimmie, serpenti, ragni... -

- Ragni?! - esclamò Lorelai - Ma è terribile! -

- Perché terribile? Pensi forse che la tua miserabile vita valga più di quella di un ragno? -

- Senti, lascia perdere, forse non si potrà dire lo stesso della tua, ma per quanto riguarda la mia vita, penso proprio di sì. -

- Hai sentito, mago Verdepisello? La tua fidanzata crede di valere più di un ragno. E tu credi di valere più di una scimmia? Prima, quando correvi su e giù sbracciandoti e dimenandoti tutto, sembravi proprio uno scimpanzé. Comunque tra un istante ogni dubbio sarà chiarito e saprete tutti e due con certezza se si vive meglio da umani o da bestie. Mia cara ragnettina, mio caro scimmiottino... uno, due e... - POF!

Ermenegonda si trasformò davanti ai nostri occhi in una biscia. Rimase ferma per alcuni istanti tra l'erba e poi strisciò via sparendo rapidamente in mezzo alla vegetazione.

- Hai visto, si è autotrasformata in un serpente! - esclamò meravigliata Lorelai - Io mi ero già vista tramutata in un ragno. Non ci posso neanche pensare! -

Prima che potessi replicare, una voce alle nostre spalle disse: - Non è stata lei a trasformarsi, sono stato io. -

Ci voltammo e vedemmo il mago Fu-Mo-Ki appoggiato ad un albero che sorrideva col suo caratteristico sorriso di un solo dente.

- Lupo sdentato, sei proprio tu?! - esclamai.

- Pel favole, chiamami mago Fu-Mo-Ki. Questo ola è il mio nome. -

- Chiamati pure fata Turchina, - disse Lorelai saltandogli al collo e stampandogli un bacio carico di rossetto sulla barba bianca - questo te lo sei proprio meritato. Se penso che adesso potevo essere un brutto ragno peloso... -

- Siete stati molto impludenti. - ci rimproverò il mago mentre cercava di togliersi il rossetto dalla barba - Afflontale Elmenegonda così come avete fatto voi due è stato davvelo da il-lesponsabili. -

- Ma io pensavo di usare la mia fedele Fergusson k16 a doppia canna oblunga col rinforzo in carbonio! - protestai raccogliendo la mia pistola da terra.

- Licoldo bene quella tua livoltella, lupo distlatto. Da quando ti conosco l'hai semple poltata con te. A volte è anche selvita pel dissuadele qualche malintenzionato, pelò licoldo pule benissimo che non hai mai avuto il colaggio di usalla. -

- Ah! - esclamò Lorelai - E tu la volevi adoperare per la prima volta adesso, contro una bambina! -

- Quella non ela una bambina, - disse il mago Fu-Mo-Ki - ma una maga tellibile. Comunque anche se tu le avessi spalato, non salebbe selvito a nulla, pelché Elmenegonda ela invulnerabile. L'unico modo pel sconfiggella ela la magia. -

- Questo il libro non lo diceva. - borbottai.

- Già, ma pel foltuna sono allivato io. -

- E noi te ne siamo molto grati, Fu-Mo-Ki, però adesso credo che tu ci debba qualche spiegazione. L'ultima volta che ti abbiamo visto, fuori da quel ristorante, eri ancora Daphne e non appena ci hai riconosciuti, sei fuggito insieme a quel dirottatore con cui ti eri buttato giù dall'aereo. -

- Hai lagione, pelò anche tu devi dilmi pelché ola assomigli al flatello minole del mostlo Glunz. -

- Colpa tua. Sono rimasto così quando ci siamo buttati dietro a te giù dall'aereo. Il nostro paracadute non si è aperto e per la gran botta non sono più riuscito a riprendere il mio aspetto normale. Ad ogni modo quando avremo trovato la fonte magica, risolveremo anche questo inconveniente. -

- Celto, celto. Ola vi lacconto che cosa è successo a me. -

CAP. 16

Fu-Mo-Ki si sedette su un masso, noi sul tronco di un albero caduto, ed iniziò a parlare:
- Siccome ultimamente le magie non mi venivano più tanto bene, quando ho deciso di tlasfolmalmi in una bella lagazza, avendo paula di non liuscilci, ho adopelato un incantesimo linfolzato, velamente tloppo linfolzato. Così è successo che sono diventato Daphne non pel finta, ma pel davvelo. Ho pelso completamente la testa. Non lagionavo più come il mago Fu-Mo-Ki, ma come quella bella lagazza gleca che poi sull'aeleo si è innamolata del dilottatore e si è buttata di sotto insieme a lui. -
- Che storia romantica! - esclamò Lorelai.
- Non dilei ploplio, pelché quel dilottatole ela un deficiente e ola che sono tolnato nolmale, mi velgogno di tutta questa stolia. -
- Non ti devi vergognare Fu-Mo-Ki, - lo consolai - questo errore di magia è sempre colpa di quello che ti è capitato alla fonte inversa. In

fondo se siamo venuti fin qui è proprio per risolvere questo problema. -

- È velo. Comunque, pel finile il mio lacconto, quando mi avete visto passale fuoli dal listolante, elo ancora in pleda all' incantesimo e così sono scappato via. A un celto punto, nella fletta di fuggile da voi, mentle collevo e gualdavo all'indietlo, ho battuto la testa in una lantelna. Questo mi ha fatto venile un bel belnoccolo pelò mi ha fatto anche linsavìle, pelciò mi sono subito litlasfolmato, ho dato un calcio nel sedele al dilottatole e sono tolnato indietlo a celcalvi, ma voi elavate già andati via. -

- Accidenti, allora ci siamo mancati solo per poco! - esclamò Lorelai.

- Già, - dissi io - dopo averti visto scappare col dirottatore, avevamo deciso di sospendere le tue ricerche. -

- E così i luoli si sono inveltiti, pelché da allola mi sono messo io a celcale voi. Devo dile che non è stato facile seguile le vostle tlacce, ma pel foltuna oggi vi ho laggiunti giusto in tempo. -

- È vero, non ti sarò mai abbastanza grato per quello che hai fatto. - dissi e gli strinsi calorosamente la mano in segno di riconoscenza.

- Sono io che devo essele glato a voi che vi siete messi in pelicolo solo pel aiutale me. -

- Ma no, lasciatelo dire, se tu non fossi arrivato in tempo, adesso saremmo una scimmia e un ragno, davvero una bella coppia! -

- Sì ma se io non fossi venuto a chiedele il tuo aiuto, tu non salesti mai venuto fin qui. -

- È vero ma se... -

- Sentite voi due, - ci interruppe Lorelai - abbiamo capito, siete tutti e due grati che più grati non si può, però per favore cerchiamo di andare avanti. -

- Hai ragione. - dissi - Che cosa stiamo aspettando? Andiamo subito alla fonte diritta a risolvere finalmente tutti i nostri problemi! -

Subito dopo mi venne un dubbio e domandai al mago Fu-Mo-Ki: - Il muro allucinatorio adesso sarà sparito, vero? -

- Non cledo ploplio. Salebbe celtamente spalito se Elmenegonda fosse mòlta, ma non è mòlta. -

- E allora come facciamo? - chiese Lorelai.

- Tlanquilli, - rispose il mago - pel foltuna c'è un modo. Basta entlale con gli occhi bendati e i tappi nelle orecchie. -

Io e Lorelai ci guardammo sconcertati, dopodiché protestai: - Ma non è possibile! Come si fa a camminare nella jungla senza guardare dove si va?! -

- Non ti pleoccupale, io posso vedele con gli occhi della mente. Ci tellemo pel mano e vi guidelò io. Poi, una volta attlavelsato il mulo allucinatolio, potlemo toglielci tutto e andale avanti nolmalmente. -

Siccome non avevamo alternative a quello che Fu-Mo-Ki ci stava proponendo, fummo costretti ad accettare. Mentre ci preparavamo, Lorelai mi chiese sottovoce: - Ma tu ti fidi? Non faremo come i ciechi di quel famoso quadro di Bruegel, che cadono tutti nel fosso? -

- Hai un'idea migliore? -

- Mi sentirei più sicura se fossi io a guidare la cordata. Mi fido più del mio intuito femminile che dei suoi poteri, che non sempre funzionano come dovrebbero. -

Le ricordai di quella volta che basandoci sul suo senso dell'orientamento giungemmo al matrimonio del principe Gondrand con tre giorni di ritardo e così non disse più niente.

Terminati i preparativi, ci prendemmo per mano ed iniziammo a procedere, guidati dal mago Fu-Mo-Ki. Era una fortuna che fosse lui il primo della fila, perché ogni tanto, nonostante i tappi nelle orecchie, sentivamo un colpo come di una testa che sbatteva contro un albero. Dopo circa una mezz'ora che avanzavamo in questo modo, Fu-Mo-Ki ci fece fermare e togliere le bende e i tappi.

- Olmai è fatta!Siamo dentlo! - esclamò tutto soddisfatto nonostante quei tre grossi bernoccoli apparsi sulla sua fronte. Subito dopo dovemmo purtroppo constatare che procedere bendati nella jungla poteva comportare alcuni inconvenienti, come ad esempio il ritrovarsi in mezzo alle sabbie mobili.

Come al solito il mago Fu-Mo-Ki ci disse di non preoccuparci

- Pel me uscile di qui è un gioco da lagazzi. - affermò con aria sicura, mentre la melma ci arrivava già alle ginocchia. Poi si mise a grattarsi la testa borbottando tra sé: - Com'ela quella folmula pel saltale fuoli dal pozzo? -

Quando vidi che il fango ci arrivava ormai alla cintura e lui stava ancora grattandosi la testa, capii che sarebbe stato meglio trovare una soluzione per conto nostro. Avevo già adocchiato una liana che pendeva da un albero, ma purtroppo era fuori portata. Con una mossa disperata, presi Lorelai per la vita e la sollevai abbastanza perché ci arrivasse, anche se questo mi costò di sprofondare fin quasi alle spalle. Lorelai, con la consueta agilità, vi si arrampicò facilmente e una volta posati i piedi sulla terra ferma, mi gettò un'altra liana grazie alla quale la potei raggiungere. Intanto il mago Fu-Mo-Ki, profondamente concentrato nel tentativo di ricordarsi la formula, teneva gli occhi chiusi e non si era accorto di nulla. Tutto ad un tratto spalancò gli occhi ed esclamò: - Kazù papù kikkirikì! -

Non appena ebbe pronunciato queste parole sprofondò completamente nel fango scomparendo al nostro sguardo.

- Accidenti! - esclamai.

- Accidenti! - esclamò anche Lorelai, dopodiché rimanemmo entrambi senza parole.

Mentre i minuti passavano impietosi, continuavamo a fissare in silenzio il punto in cui il mago FU-Mo-Ki era scomparso. Mille pensieri mi attraversavano la mente. Pensavo che tutti i nostri sforzi erano stati inutili e che tutto era andato perduto proprio quando eravamo a un passo dalla meta. Il povero Fu-Mo-Ki non avrebbe mai riacquistato la perduta giovinezza. Poi pensai che anche se era stato, forse, in passato un bravo mago, ultimamente aveva combinato un sacco di pasticci, e infine mi venne in mente che non mi avrebbe mai più restituito quei venti euro che mi doveva. Ma ecco che all'improvviso vedemmo uscire dal fango un uomo completamente ricoperto di melma. Venne fuori camminando come un qualsiasi bagnante che usca dal mare dopo aver fatto una nuotata. Senza dire una parola si mise in piedi accanto a noi a fissare le sabbie mobili.

- Sei... tu? - gli domandai.

- Celto che sono io, chi cledevi che fosse, l'idlaulico? -

- Ma come hai fatto a salvarti? - gli chiese Lorelai.

- Tanto pel cambiale, ho sbagliato l'incantesimo di nuovo. Invece di uscile dalle sabbie mobili, mi sono tlasfolmato un'altla volta. Io adesso non sono licopelto di fango, ma sono completamente fatto di fango. Se levi il fango, sotto non c'è nulla. -

CAP. 17

- Accidenti! - esclamai.

- Accidenti! - esclamò anche Lorelai - Meno male che tra poco arriveremo alla fonte diritta, così potremo rimediare anche questo. -

- Dobbiamo spiccialci, pelò. - disse Fu-Mo-Ki - Anche se qui nella jungla c'è molta umidità, ho paula che il fango si secchi e si possa sgletolale. -

- Andiamo! - dissi e m'incamminai deciso stando attento a non finire di nuovo nelle sabbie mobili.

La fonte diritta era davvero poco lontana. Dopo aver camminato per non più di dieci minuti, incontrammo un cartello con scritto "Fonte diritta e casa di Ermenegonda, sua proprietaria esclusiva".

- Ci siamo. - dissi e infatti poco più avanti trovammo una casetta coi muri di marzapane, il tetto di cioccolata e le finestre di zucchero caramellato. Evidentemente Ermenegonda oltre all'aspetto, aveva anche assunto i gusti di una bambina di sei anni. Accanto alla casa c'era la fonte diritta, scolpita nella pietra. La riconobbi subito perché ne avevo visto un disegno sulle pagine del libro che avevamo preso da Mustafà. Però tra il disegno e l'originale c'era una differenza sostanziale, ossia mentre nel disegno dalla fonte sgorgava un copioso getto d'acqua, da quella di fronte a noi non usciva un bel niente.

- Accidenti! - esclamai.

- Accidenti! - esclamò anche Lorelai che, come me, si era accorta subito che qualcosa non andava.

Invece il mago Fu-Mo-Ki esclamò: - Finalmente! Plesto, aplite il lubinetto, che sento già le mie alticolazioni che si stanno illigidendo! -

A malincuore dovetti chiarirgli la situazione: - Purtroppo, amico mio, non c'è nessun rubinetto da aprire. Evidentemente Ermenegonda, dopo aver ottenuto per sé tutti i poteri possibili e immaginabili, ha fatto seccare la fonte in modo che nessuno potesse più beneficiarne. -

Lì per lì il povero mago rimase senza parole. Potevo solo immaginare la sua espressione delusa visto che ora, essendo fatto di fango, non gli si poteva più vedere il volto. Ma poi si riprese ed affermò: - Nessun ploblema, ola io eseguilò una magia e la farò licominciale. -

Vidi che Lorelai stava per obiettare qualcosa,

ma le feci cenno di non dire niente. A questo punto il suo estremo tentativo era più che legittimo. Si mise in piedi di fronte alla fonte, stese le braccia davanti a sé e disse: - Aquazùm aquazàm tikipàm! -

Improvvisamente l'intera fonte ebbe un sussulto, poi iniziò a trasformarsi. Come pasta di pane nelle mani di un fornaio, cambiava continuamente forma, finché tutt'a un tratto non divenne ... un distributore automatico di bibite.

Rimanemmo tutti esterrefatti. Il mago Fu.-Mo-Ki ne aveva combinata un'altra delle sue. Il distributore, nonostante non fosse attaccato a nessuna presa di corrente, sembrava tuttavia in funzione e così Lorelai disse: - Non so voi, ma io ho una gran sete, prenderò un'aranciata. Qualcuno ha degli spiccioli? -

Le porsi una moneta, la introdusse nell'apposita fessura e la lattina rotolò nelle sue mani.

- Bevine un sorso - suggerii - e poi prova ad esprimere un desiderio. Chissà che queste bibite non abbiano le stesse proprietà dell'acqua della fonte. -

Lorelai bevve un po' d'aranciata e poi disse: - Voglio volare. - dopodiché fece qualche salto in qua e in là ma non riuscì a decollare come avrebbe voluto.

- Accidenti! - esclamai.

- Accidenti! - esclamò Fu-Mo-Ki - Ho sba-

gliato di nuovo l'incantesimo. Ola siamo davvelo flegati. Tu, Lupo Distlatto, limallai pel semple mezzo mostlo ed io mi sgletolelò misela-
mente. -

- No, se ti manterrai umido. - replicai - Basterà solo annaffiarti di tanto in tanto. -

- E questa salebbe una soluzione? Allola, visto che mi devi annaffiale, potlesti anche pian-
talmi dei fioli sulla testa. -

- Non disperare, Fu-Mo-Ki, vorrà dire che
andremo alla fonte inversa e rimetteremo le
cose a posto. -

- Vuoi andale fino in Cina in queste condizioni? Cledi ploplio che, così conciato, mi falanno
salile su un aeleo? -

- Non ti preoccupare, troveremo il modo. -

Lorelai ci interruppe: - Io entro nella casetta, voglio vedere com'è fatta dentro. -

Aprì la porta di cioccolata e scomparve all'interno della casa. Dopo appena cinque minuti
ne riuscì col volto raggiante ed in mano una
boccetta sferica dal lungo collo, a cui era attaccato un cartellino.

- Guardate cos' ho trovato! - esclamò e poi
aggiunse - Leggete qui. -

Leggemmo il cartellino e c'era scritto "Acqua
della fonte diritta". Non era molta, ma sicuramente abbastanza per tre buoni sorsi.

- Siamo salvi! - gridò Fu-Mo-Ki facendo un
salto e facendo cadere un po' di fango per ter-

ra intorno a sé.

Lorelai si mise a ridere e disse: - Aspettatemi qui. -

Rientrò in casa di corsa e ne riuscì subito dopo con in mano tre sottili calici di vetro nei quali versò tutta l'acqua della boccetta, dividendola in tre parti uguali.

- Ora faremo un brindisi - disse sorridendo - e poi esprimeremo i nostri desideri, cominciando da Fu-Mo-Ki. -

Dopo il cincin, il mago vuotò tutto d'un fiato il suo calice e disse: - Voglio tolnale un uomo nolmale, giovane com'elo plima che esplimessi il mio malaugulato desidelio alla fonte invelsa. -

Improvvisamente l'uomo di fango scomparve dalla nostra vista ed io e Lorelai rimanemmo a bocca aperta a fissare nel vuoto.

- Ma... - balbettò Lorelai - questa volta non era un suo incantesimo. Allora perché... -

Però non riuscì a finire la frase perché apparve d'un tratto davanti a noi il mago Fu-Mo-Ki in splendida forma. Sembrava avere circa quarant'anni di meno, era più forte e diritto, aveva la barba e i capelli scuri, però quando si lasciò sfuggire una risata rivelò che la sua dentatura, giovane o no che fosse, era sempre costituita da un solo dente.

- Lupo Sdentato! Bentornato tra noi! - esclamai stringendogli calorosamente la mano -

Però, visto che c'eri, potevi anche chiedere dei denti nuovi. -

- Pel quello non ti devi pleoccupale, amico mio. Ola che sono tolnato giovane, posso semple fale un incantesimo e falmeli lispuntale. -

- Già, non ci avevo pensato. - risposi cercando di dissimulare la mia perplessità dovuta a una sfiducia forse, a quel punto, ingiusta.

Era il mio turno, perciò svuotai il mio calice e dissi: - Voglio riacquistare il mio aspetto normale, com'ero prima di cadere giù dall'aereo. -

PUF! Anch'io scomparvi. Mi sentii risucchiare verso l'alto e dopo un istante mi trovai di fronte al mio guru Samapatata che, in piedi davanti alla porta del suo ashram, stava guardando il tramonto.

- Salve Tabunta Trabubu, - mi disse - sei venuto a salutarmi? Sei giunto al lieto fine di questa tua nuova avventura, vero? Bene, so che ne avrai ancora molte. Poi un giorno verrai qui da me. Comunque non c'è alcuna fretta, prenditi tutto il tempo che ti occorre, e se ti capiterà di avere bisogno di me, chiamami. -

Mi toccò la fronte e mi sentii di nuovo risucchiare via e riapparvi di fronte a Lorelai e Fu-Mo-Ki. Mi guardai le mani, mi toccai il viso e constatai con soddisfazione che ero di nuovo me stesso al cento per cento. Abbracciai Lorelai, le detti un bacio e poi le dissi: - Adesso tocca a te. Noi abbiamo solo recuperato ciò che avevamo perso, ripristinando la normalità, ma tu sei libera di chiedere tutto quello che vuoi. -

- Anch'io, come voi, voglio semplicemente ripristinare la normalità. - disse, poi bevve tutta d'un fiato l'acqua del suo calice ed espresse il suo desiderio sottovoce, così che noi non la sentissimo.

Scomparimmo tutti e tre simultaneamente e riapparimmo un attimo dopo a casa nostra, comodamente seduti sul divano e le poltrone color fucsia nel salotto giallo. Sul tavolino intarsiato di fronte a noi c'erano tre fumanti tazze di tè ai fiori di sambuco ed un vassoio colmo degli squisiti biscotti che faceva apposta per noi la moglie di Gunnar lo svedese.

Fu-Mo-Ki aveva un'espressione stupita, ma io non più di tanto. Guardai Lorelai e vidi che quella fantastica biondina mi stava guardando a sua volta, con un sorrisetto furbo sulle sue incantevoli labbra cariche di rossetto.